香港兒童文學名家精選 **陳華英**

火星人的樂土

新雅文化事業有限公司
www.sunya.com.hk

香港兒童文學名家精選

火星人的樂土

作　　者：陳華英

插　　畫：立雄

策劃編輯：甄艷慈

責任編輯：曹文姬

設計製作：李成宇

出　　版：新雅文化事業有限公司

　　　　　香港英皇道499號北角工業大廈18樓

　　　　　電話：（852）2138 7998

　　　　　傳真：（852）2597 4003

　　　　　網址：http://www.sunya.com.hk

　　　　　電郵：marketing@sunya.com.hk

發　　行：香港聯合書刊物流有限公司

　　　　　香港新界大埔汀麗路36號中華商務印刷大廈3字樓

　　　　　電話：（852）2150 2100　　傳真：（852）2407 3062

　　　　　電郵：info@suplogistics.com.hk

印　　刷：中華商務彩色印刷有限公司

　　　　　香港新界大埔汀麗路36號

版　　次：二〇一三年七月初版

　　　　　10 9 8 7 6 5 4 3 2 1

版權所有　•　不准翻印

ISBN: 978-962-08-5905-2

© 2013 Sun Ya Publications (HK) Ltd.

18/F, North Point Industrial Building, 499 King's Road, Hong Kong.

Published and printed in Hong Kong

目錄

出版緣起

　　冰心說：「必須要有一顆熱愛兒童的心，慈母的心。」兒童是社會的未來，每一位成年人，都有責任關心兒童的健康成長。而優秀的兒童文學作品，正是兒童健康成長不可缺少的精神食糧。它們蘊含着真、善、美，能真切地反映兒童的心聲，能帶給兒童歡樂和有益的啟示，能鼓勵兒童積極向上，奮發進取。

　　回顧香港兒童文學的發展，由 20 世紀 30 年代香港兒童文學的開始萌芽，到 21 世紀的今天，有許多兒童文學作家一直在為香港兒童文學的繁榮辛勤地耕耘着。他們當中，既有從內地南來的作家，也有土生土長的作家；當中有不少文壇長青樹，也有很多新晉的年輕作家。這些作家為香港兒童創作了一批又一批的優秀作品，為香港兒童文學創作的發展作出巨大貢獻。

　　本公司一向致力於為兒童提供優質讀物，藉踏入 50 周年新里程之際，我們希望更廣泛地推出各種有益兒童身心的圖書，尤其是本土兒童文學作品，因此策劃出版《香港兒童文學名家精選》叢書。

　　本叢書是由各位作家在其已出版的著作中，精選出曾獲過獎，或是能代表其創作風格的作品結集成書。體裁包括童話、童詩、生活故事、兒童小說、科幻故事、幻想小說、散文等。作品展示了上世紀 50 年代至本世紀初香港少年兒童的精神面貌和社會風情，曾在讀者中產生過重大影響，並經得起時間的洗禮。

何紫先生曾説過：「倘若我們不從小培養小孩子閱讀的興趣，他們又怎能建立鞏固的語文基礎？」其實，我們不僅關注培養小孩子的閱讀興趣，提高他們的語文能力，我們更希望藉由優秀的兒童圖書，把愛心、善良、孝順、正直、勤奮、樂觀、堅強、關懷、謙虛、公義等種子植播於孩子的心田。叢書裏的作品既文字優美，更是充滿着真善美的人文關懷。

是次出版，我們挑選了在香港兒童文學創作上卓有成就的作家。我們希望由此而為當代少年兒童提供優質的讀物，也為香港兒童文學創作的研究留下具時代意義的印記，更由此表達本公司對兒童文學作家的由衷敬意。

本叢書能得以順利出版，全賴各位作家的鼎力支持。此外，特別感謝阿濃先生為本叢書撰寫總序，感謝謝錫金教授和羅淑君女士撰文推薦。

為了令讀者對各位作家有更多的認識，叢書還特地設有「作家訪談」，讀者可以由此了解各位作家如何走上文學創作之路、他們對兒童文學的見解等。

叢書後設有每位作家「主要的兒童文學原創作品」資料和獲獎資料，旨在為香港兒童文學的原創生態留下史料，並為讀者提供廣泛閱讀的書目。

叢書總序

在孩子心裏埋下愛、美、善的種子

阿濃

兒童文學是文學中最難搞的一門。

所有優秀文學作品要具備的條件，兒童文學都要具備。

但兒童文學的用字用詞有限制，宜淺不宜深。兒童文學的造句有講究，宜短不宜長。兒童文學的表達有要求，宜明白曉暢，不宜過分含蓄艱深。對許多作家來說，就是淺不起來，短不起來，明白不起來。他們做不到，不想做，甚至不屑做。

兒童文學的內容要純淨，像高山絕頂的雪，容不得絲毫污染。因為它是給我們純潔天真的小寶貝的精神食糧，其品質要求更甚於物質食糧的奶粉。但純淨不等於淡而無味，它芬芳，有大自然的氣息；它甜美，如地上樹上藤蔓上的果實；它富於營養，又容易吸收。這就對兒童文學作家個人的品質有了要求，兒童文學作家能標籤為 organic，他的作品才屬於 organic。

許多做父母的都知道餵孩子吃東西是一件苦差，想孩子接受我們為他們而寫的作品，同樣是強迫不來的。兒童文學作家要有十八般武藝，施展渾身解數，令他們笑，使他們覺得有趣，利用他們的好奇，刺激他們思考，引發他們感動，其實是很吃力的。

要成為一個成功的兒童文學作家，他首先要懂孩子的心，那

就需要他自己有一顆童心。他同樣愛吃、愛玩、愛笑、愛哭、愛熱鬧、好奇、愛問為什麼。他同樣愛幻想，不受拘束、仁慈慷慨、視眾生平等。一顆赤子之心，試問在這烏煙瘴氣的世界裏多少人還能擁有？

優秀的兒童文學作家是如此難得，但社會（包括文學界、出版界）對他們又有多重視呢？寫書給孩子看被視為「小兒科」，大家對小兒科醫生十分尊重，對成人文學作家與兒童文學作家之比卻視為大學教授與幼稚園教師之比，使不少兒童文學作家不想擁有這個名號。同樣反映在版稅方面，兒童書的版稅普遍低於成人書，這也使兒童文學作家氣餒。

幸運地，香港還是出現了一批可愛可敬的兒童文學作家，多年來他們創作了豐盛的兒童文學作品。出版了大量的書籍，也被選作課文。在成千上萬的孩子心中，埋下了愛、美、善、關懷、正直、公義、勤奮……的種子，使我們的下一代有普遍的好品質好表現。這是兒童文學作家們最堪告慰的。

作為香港兒童讀物出版重鎮的新雅文化事業有限公司，1991年不惜工本，編印了《香港兒童文學作家系列》，邀請最出色的兒童書插畫家繪圖，硬皮精印，成為香港兒童文學的里程碑。21年後，新雅再次出版一套《香港兒童文學名家精選》叢書，為當代少年兒童提供最好的精神食糧，為研究香港兒童文學留下有價值的資料，同時向香港的兒童文學家們致敬，可謂意義重大。

祝願香港出現更多出色的兒童文學作家，祝願他們的地位獲得提升，祝願他們寫出更多更精彩的作品。

推薦序一

優秀的兒童文學作品歷久不衰

要想兒童喜歡閱讀，必須要有大量有趣的，能引起他們的閱讀意慾的優質讀物。我很高興地看到，雖然有人說香港是文化沙漠，但仍有不少兒童文學作家在勤奮地為兒童寫作，各家兒童圖書出版公司每年也為兒童提供大批印製精美的讀物。

2012 年香港書展，香港規模最大、歷史最悠久的兒童圖書出版社——新雅文化事業有限公司，推出《香港兒童文學名家精選》叢書，精選一批對本港兒童文學卓有建樹的著名作家的作品，為香港兒童提供最好的精神食糧。十位作家包括：黃慶雲、何紫、劉惠瓊、阿濃、嚴吳嬋霞、何巧嬋、東瑞、宋詒瑞、馬翠蘿和周蜜蜜。叢書出版後獲得了熱烈回響，不但得到讀者廣泛好評，而且其中五冊圖書獲得 2012 年的冰心兒童圖書獎。

2013 年，新雅再精選十位兒童文學作家的作品，於香港書展推出第二輯《香港兒童文學名家精選》叢書。十位作家包括：陳華英、潘金英、潘明珠、君比、韋婭、黃虹堅、胡燕青、金力明、劉素儀和孫慧玲。

二十位作家的作品，展示了上世紀五十年代至本世紀初香港少

年兒童的精神面貌和社會風情，從不同層面刻劃了香港兒童的成長足跡，以及他們成長中所遇到的困擾。

　　和現在相比，上世紀的兒童生活和現今的兒童生活有着很大的差別，他們的生活遠比現在的兒童困苦。但是兒童的心性是相通的，他們的歡樂和煩惱，無一不是當今香港兒童所常遇到的；而他們面對挫折而表現出的勇氣和智慧，又給當今的少年兒童提供了有益的啟示和學習榜樣。

　　優秀的兒童文學作品影響力歷久不衰，本叢書正好印證了這一點。

　　我誠意向各位關心兒童健康成長的家長和教師推薦這套有益兒童身心的優質圖書，也藉此向各位辛勤耕耘的兒童文學作家表示敬意。

謝錫金
香港大學教育學院教授
香港大學中文教育研究中心總監
全球學生閱讀能力進展研究計劃
(PIRLS)- 國際（香港）委員

推薦序二

向陪伴兒童成長的文學作家致敬

收到新雅的邀請，為這套《香港兒童文學名家精選》寫推薦序，實在有點兒受寵若驚。為的是叢書內網羅了香港差不多半世紀內鼎鼎大名、優秀的兒童文學作家。其中黃慶雲（雲姐姐、雲姨）更在 1938 年曾到本會位於香港大學馬鑑教授的西營盤宿舍樓下的會所為街童講故事，她是推動本港兒童閱讀的先行者。

《香港兒童文學名家精選》內的作家都是香港兒童文學上的中流砥柱，他們的著作吸引了無數的讀者，深受新一代歡迎。在本港推動閱讀文化的各項活動中，鮮有不包括他們的作品。

雲姨是全球知名的兒童文學家；周蜜蜜是雲姨的女兒，以香港兒童成長為題，對兒童成長經歷的過程有細膩深刻的認識；何紫先生將不同年代的童年呈現，伴隨香港的成長，閱讀他的童話就像閱讀香港不同年代的社會發展；東瑞的故事，天馬行空、科幻、出人意表的情節啟迪兒童對未來的好奇，跨越常規的突破和創意；馬翠蘿對人際關係的敏銳描述，是小學生最喜愛的作家；阿濃讓跨代爺孫親切之情、愛護環境等浮現於故事情節中；何巧嬋校長以童話手法寫香港孩子的生活，希望小讀者能跳出眼前的局限；劉惠瓊姐姐透過動物故事，將兒童成長責任中的困惑、與朋友的交往娓娓道來；嚴吳嬋霞女士的作品描述了兒童的純真。

陳華英的作品希望帶給兒童歡樂、希望和幻想的空間；潘金英、

潘明珠姊妹倆的兒童戲劇清新有趣；君比的作品反映了今日香港少年兒童所遇到的家庭問題和困惑；韋婭的幻想小說想像新奇；黃虹堅的成長小說教導小朋友當遇到家庭巨變時，他們應採取何種生活態度；胡燕青的童詩文字淺白，生活氣息濃厚；金力明的童話寓意深刻；劉素儀的科幻故事充滿幻想成分，主題卻是批判現代人的好戰；孫慧玲的小說寫出逆境中的少年如何自強。

優良的圖書和故事作品，會令培育兒童愛上閱讀變得輕易而舉。

如果說多運動能令兒童體格強壯，多閱讀則令兒童心智豐盛。小學階段，兒童從 6 歲開始到 12 歲的期間，是發展閱讀最重要的階段。兒童成長中，9 歲以前，是要學會掌握閱讀的能力；9 歲以後，他們透過閱讀去學習日新月異的知識，透過文字故事以豐富人生成長的經歷。好的故事、引人的情節、雋逸的文筆不單能為新一代開啟知識之門，讓思想騰飛，還能接觸社會內不同的價值取向、人際交往關係之錯綜複雜面。

《香港兒童文學名家精選》包含的故事仍是我們推動兒童閱讀的工作者經常採用的。它不單將本港兒童文學作出一個較為整全的匯聚，同時亦為父母提供了一個安心的選擇，羅列了多元化、鼓勵兒童閱讀的好作品。謹此向一羣努力耕耘、陪伴兒童成長的文學家前輩和翹楚致敬……

羅淑君
香港小童群益會總幹事

作者自序

和孩子們一起成長

陳華英

　　孩子們的世界，是一個純真歡樂的世界，當中充滿了天真、童趣、坦率和真誠。成人世界中的虛飾、客套、警惕和計算，在他們的天地中是不存在的。

　　有幸的是，我一直混在孩子堆中，和他們一起成長。小時候，住在平民屋苑中，整天和鄰居的孩子瘋玩在一起。後來，教育學院畢業後，數十年的教學生涯中，被千千百百的學生所包圍。做了幾年的童軍領袖，和女童軍一起結繩、生火、紮營、觀星；又擔任了二十多年的音樂科主任，訓練合唱團和節奏樂隊，參加音樂節比賽和節日表演，成功時互相擊掌，落敗時互擁安慰。在電視台時更負責撰寫各類的兒童節目劇本，揣摩着他們的心理、愛好和口味。自己有三個子女，更是日夜相隨。移民加拿大後，仍是擔任教學的工作，和移民的子女、土生華裔小孩生活在一起。所以，我一直沒有遠離孩子的世界，他們的歡樂感染着我，他們的煩惱也困擾了我。他們所思所想、所經歷的，給我提供了無數的寫作題材，而我所創作的故事，也帶給他們歡樂、希望和幻想的空間。我和孩子們是互動的。我創作的兒童文學，無論生活故事、校園故事、幻想故事、

科幻故事和童話，都有他們的影子。

　　本書收錄了《賣花傘》、《脫了羽毛的鳥兒》等七篇童話故事，是我攬着子女們編的睡前故事，而《漫遊雪鄉》、《肥肥和瘦瘦》、《泳池驚魂》等生活故事，主角就是他們。

　　《一粒種子》、《白日見鬼》等篇章都是真實的校園事件。《飛越蛋殼王國》是為沉迷於電子遊戲的小朋友們寫的，很有趣味。讀給學生們聽，他們十分喜歡，勝於向他們說教。

　　以個別學生為題材的，有我邊寫邊淌淚的《最誠心的禱告》，記述我班中一個患了腦癌的學生為生命而奮鬥，最後，他走了，課室中只留下空凳。當然，我是不想小朋友傷心的，所以，故事的結局是開放的，是充滿希望的。寫來最開心的是《最美麗的十四天》，主角是我移居加拿大後教導的一個十二歲學生，他到秘魯當義工去了，他所見所聞所體會的，是小心靈中至大的愛，對生命的無懼，令我有把事件記下來的衝動。《哭泣的椰樹》是我和女兒到菲律賓去探訪我家菲傭所遇到的不可思議的事，令我和家人更加珍惜手上所擁有的，希望小讀者讀後也有同感。寫這些故事時我都懷着極真誠的心，想和小讀者分享我心中的感動。三篇作品都獲得了兒童讀物創作獎的首獎，希望你們也喜歡。

　　至於《火星人的樂土》、《麥浪圓環》、《天外來的小怪客》和《檔案三〇三》等篇都是科幻小說，希望能滿足愛幻想的小朋友。聰明的你，一定能找到故事背後的深意。

　　這本選集能夠出版，首先是感謝我的孩子和學生們，能夠容納

我生活在他們的世界中，感受他們的喜與悲，成為我創作的靈感。其次是感謝我的丈夫，他一直都支持我花時間寫作兒童故事。當然，最要感謝的還是新雅，把我的作品精選出版，使我和小讀者們再有機會一起徜徉在故事中的溫馨天地裏。

和孩子一起成長的
　　兒童文學作家
——陳華英

和孩子一起成長的兒童文學作家
——陳華英

在二十世紀七、八十年代的香港，有一批志同道合的兒童文學作家，他們熱切地關注兒童的健康成長，熱誠地為他們創作各種有趣益智的故事，陳華英小姐便是其中的一位。

遠隔萬里重洋，我用電話採訪了現在身居加拿大的陳華英。

隨着朗朗的笑聲，陳華英在電話的另一頭向我講述她走上兒童文學創作道路的點點滴滴。

混在孩子堆中，寫作題材源源不絕

「我是不經意地去寫的。我四五歲的時候，媽媽在內地一個鄉村當教師，還負責管理圖書。那時內地條件簡陋，圖書被放在紙皮箱裡收藏在我們的牀底下，每晚睡前我們幾兄弟姐妹都翻看裡面的圖書。來港讀小學後，我有機會看到更多的圖書，因此，我自幼養成了閱讀的習慣，文字的根基也打下了。

「我真正執筆寫作，大概是八十年代中期吧！1980 年至1984 年，我在亞洲電視為兒童節目編寫劇本，當時的上司梁立人先生很喜歡我寫的故事，這給了我很大的鼓舞。二女兒出生後，我離開亞視，就為當時的《兒童日報》、《故事時間》、《故事

王國》以及一些親子刊物撰寫故事。」

　　陳華英笑言她一直都是一個「孩子王」，從童年到現在，她都混在孩子堆中，和孩子們一起成長。小時候，生活在平民屋苑，整天可以和鄰居的小伙伴玩；當教師，擔任童軍領袖，又令她每天都有機會和很多孩子接觸；即使移民加拿大後，她的工作仍然是和孩子們相關的，而她本身又是三個孩子的媽媽。這樣的「得天獨厚」條件，令她對孩子們的喜好、憎惡、心理狀態、遇事的反應，都很熟悉，寫作時不需刻意的揣摩。而他們身上所發生的各種有趣事情，常常可轉化為她故事中的素材，因此她常常靈感不斷。

　　陳華英接着說：「至於童話故事和幻想故事，則都是用動物、花花草草、雲兒風兒星兒月兒等作主角編給子女聽的睡前故事，

2009 年 9 月，陳華英（右一）隨「加華作協」赴北京作文學交流，蒙中國作協招待暢遊絲路。

或是給低幼年級學生說的故事。而科幻故事，多是從一些科學雜誌或報章上取得靈感。」

好的兒童文學能帶給兒童勇氣、樂觀和希望

　　說到創作上會否遇到瓶頸的問題，陳華英說：「有的，通常是兩種情況。如果遇到故事內容、結構、鋪陳方面的問題，我就暫時把它放下，再找找材料，在腦子裏多轉轉，待發酵成熟方把它寫下來。但如果遇到題材方面的問題，我就要另闢蹊徑。比如：移民後，我和香港的小朋友隔遠了，我就多寫幻想故事和童話，或者是以華裔移民的小朋友為藍本。2010 年獲得香港文學創作獎的故事《最美麗的十四天》就是以一個土生華裔小孩為主角的。但為了讓香港小朋友讀時覺得親切，我把故事的主角改為讀國際學校的香港學生。故事講述一個十二歲的香港男孩跟隨叔叔到秘魯做義工的所見所聞所思，很多讀者說很受感動呢！」

　　陳華英認為：「好的兒童文學建基於純真、善良、美好和愛，能帶給兒童勇氣、樂觀和希望。當然，還要有趣味，為兒童所喜愛。最上乘的兒童文學作品可跨越時空和地域，有普世價值。例如《醜小鴨》對自卑者的鼓勵；《賣火柴的女孩》寫出貧窮的人對美好生活的嚮往，對弱小者的深切同情；《國王的新衣》對謊言及崇拜權勢、專家者的嘲弄，指出只有最真誠的心方可把謊言戳破；《巨人的花園》對愛與分享的讚揚等，都具有跨越時空的普世價值。」

黃慶雲和梁立人的話銘記於心

每一位作家的成長路途中，都有對她影響至深的人物，談到哪一位作家對她影響最大時，陳華英説：「兒時，《安徒生童話集》、《伊索寓言》和《一千零一夜》都是我的摯愛，對我的影響很大。至於動筆寫故事時，有兩位人士的説話，我銘記於心。一位是兒童文學作家黃慶雲，二十多年前的一個冬夜，我聽了雲姨的一個演講，講題是什麼我已經忘記了，但很記得她一個生動的比喻。她説『把匙羹放在碗裏』，在兒童文學中可以寫成『小匙羹快樂地投進碗媽媽的懷裏』。當時我琢磨着：多形象化呀！有了畫面，又帶給兒童溫馨喜樂，這個比喻令我寫兒童故事的手法開了竅。

「第二位是我在亞視的導師梁立人先生。他教我：一套劇集在開始的前五分鐘內就要

昔日故事中的角色，今已長大成人。2013年陳華英與子女們攝於溫哥華居所前。

抓緊觀眾的心，否則他們就會『轉台』。又説要多寫些場景和內心的刻劃，不要單靠對白。還提醒我：一個劇本在自己手中一定

要修改至完美，它一拿出去就不受你控制的了。這些提示在我創作兒童故事時一樣管用。直至現在，我送到出版社去的故事，都很少需要修改的。」

讀者的反應令我感動，也很受鼓舞

　　說到創作過程中有哪些難忘或有趣的事，陳華英滔滔不絕：「難忘的事是寫《泳池驚魂》的取材。當時我帶五歲和七歲的兒女一起學跳水。到我跳的時候，我比他們還要害怕，撲通跳下水池中，一直往下沉往下沉，不知何時才能爬升。到了池底，竟然發覺躺着一個臉色蒼白的少女，我立刻雙腿一蹬，倉皇升上水面，嗆了不少水，教練拉起我，我大叫救命。弄清事件後，泳池警鐘大鳴，救生員撲通撲通跳下水去，拖出這個女子，送到醫院去。直到現在，我還忘不了這一幕。由於害怕小朋友溺水，便寫了這個警惕小孩嬉水的故事。

　　「還有，是到了溫哥華之後，有幾位帶孩子來跟我學中文的家長說認識我，我覺得十分奇怪。原來她們是說，在香港時都買過我的書給她們的孩子看，有些還說每晚睡前都給孩子講我寫的故事。這令我很感動，也很受鼓舞。

　　「最有趣的是寫《漫遊雪鄉》時，帶着三個幾歲大的孩子遊張家界時遇到大雪。他們當時天真爛漫，把漫山的積雪當作雪糕，在農家的茅廁中小便，伴着雞鳴鴨叫狗吠牛哞豬嚎，他們稱之為『尿尿交響曲』，現在想起來還覺得好笑。」

最喜歡寫科幻故事和幻想故事

　　陳華英的作品曾多次獲獎，包括 1987、1988、1990、1991、1996、2010 年年度香港中文兒童讀物創作獎的冠軍或亞軍，1988 年度香港兒童文藝協會舉辦的兒童小說創作獎，1994 － 1995 年度及 1996 － 1997 年度香港中文文學雙年獎的推薦獎。

　　陳華英說：「1987 年得獎時，我剛開始寫作兒童故事，這對我來說是一種肯定，增強了我對兒童文學創作的信心。隨着陸續的得獎，更是很大的鼓勵，牽引着我走進了兒童文學寫作的園地。」

　　陳華英的作品體裁多樣化，包括童話、生活故事、校園故事、幻想小說、科幻故事等等，我問她最喜歡創作哪一種體裁的作品。她告訴我說：「不同的時段我喜歡創作不同的作品。當教師時，校園故事信手拈來，自然喜歡寫校園故事。自己的子女出生後，分享他們成長的喜悅，我便寫生活故事，故事中都隱隱然有他們

2013 年 5 月，經中港台三地評判評審，陳華英的作品獲「第一屆加華文學獎」散文組第二名。

23

的影子。但我最喜歡的還是寫科幻故事和幻想故事，大概我是一個喜歡天馬行空、胡思亂想的人吧！」

將來希望多看點書和出外旅遊

1995 年，陳華英舉家移民加拿大，定居溫哥華。「原因是三個子女的教育問題。這裏的教育較自由化，小孩的創意空間較大，功課也較輕鬆。我也喜歡這裏山明水秀、遍地花木的環境。」

移居加國後，因為要教學及照顧孩子，陳華英寫作的步伐緩了下來，尤其是 2000-2010 年這十年間，只出版了一本科幻故事、四本生活故事、一本圖畫故事和一齣兒童劇。作品雖然少，但不少是佳作，如《最美麗的十四天》獲得 2010 年度香港中文文學創作獎（兒童文學組）的首獎；記述兒時和父親一起度過冬夜的《寒冬小吃》在 2002 年收錄在香港中學二年級的課本內。

陳華英還告訴我：「我現在在溫哥華擔任加拿大華裔作家協會理事，同時為一份中文報章當編輯，還在一些中文報章寫散文及專欄。很多時為兒童作文比賽、故事演講比賽當評判，生活十分充實。最近，我以《灰角老屋懷想》獲得 2013 年『第一屆加華文學獎』散文組第二名。將來，我會減少我的教學工作，多看點書和出外旅遊。我希望整理一下我的專欄文稿，出版散文集及多寫一些兒童科幻小說，為兒童的閱讀範疇多增添一點趣味。」

童話篇

賣花傘

天色黑墨墨的，大雨嘩啦嘩啦的下個不停。小動物瑟縮在洞穴裏，不肯出來，牠們都說：「悶死人了！」

今天，只有小雨點滴滴答答的敲着石頭。

小白兔從洞裏溜出來看看。唔！雨水替森林洗了澡，葉片更綠得可愛；草兒吸飽了雨水，軟綿綿的爬滿一地。大樹下面，暴長出許多七彩繽紛的蘑菇來。

「哈！多好的雨傘。」小白兔開心的說。

牠跳跳蹦蹦的，採了許多「把」蘑菇，就在一棵大樹下，賣起雨傘來。

「賣花傘！賣花傘嗳！好漂亮的花傘噢，打着花傘好看雨景噢！」

一個個小腦袋，都從巢中、洞裏探出來，看到一大堆美麗的花傘，大家都從洞中跑出來了。

「好漂亮的花傘呀，多少錢一把？」小松鼠問道。

「一個核桃！」

小松鼠買了一把，哼着歌兒散步去。

「那把黃色有小花點的，什麼價錢？」小刺蝟問道。

「一個蘋果！」

小刺蝟打着花點雨傘，心滿意足的走了。

「嘓嘓嘓！我要有黃色花紋的，配上我青綠的皮膚，一定很好看。」小青蛙也蹦跳着出來了。

就這樣，每個小動物都頂着花傘，踢着雨鞋，啪噠啪噠的轉來轉去，踩水窪，踢水花，你碰碰我，我撞撞你，開心透了。

天爺爺本來心情不好，是哭着的，這會兒看見樹林中有許多美麗的大甲蟲走來走去（他是老花眼，把花傘當作甲蟲），不由得看呆了。

「好新奇喲！」看着看着，他不哭了。

雨停了，動物只好收了雨傘回家去。

接着一連幾天，他們老是探頭出來，看看天空中火紅的太陽，歎一口氣說：「唉！為什麼這麼久還不下雨呢？」

啄木鳥和蘋果樹

村前，有一棵老蘋果樹。它的樹身又高又大，枝椏伸展，樹蔭濃密。

每年的春天，蘋果樹都開滿了淺綠色的花兒，芳香撲鼻；每年的秋天，蘋果樹結滿了大紅的蘋果，又香又甜。

可是，蘋果樹畢竟老了，不免有些毛病，像生生蛀蟲等。幸好啄木鳥每年都來，替它診治疾病。老蘋果樹也常常請啄木鳥吃蘋果。

今年，蘋果樹同樣開了滿樹的花，花兒的香味也招來很多小蟲。牠們拚命爬上樹幹，就往裏面鑽、鑽、鑽，在樹身鑽了許多個小洞洞。

「哎喲！痛啊！痛啊！你們這些壞蛋，快快滾開！」老蘋果樹大聲嚷着。

可是，小蟲仍然往樹裏鑽。

「喜鵲！喜鵲！你可以替我請啄木鳥醫生來嗎？」老蘋果樹對飛過的喜鵲説。

「好的！蘋果樹伯伯！」喜鵲爽快的説。

誰知，麻雀比喜鵲更快飛到啄木鳥家中——因為，牠記起了往事：去年，蘋果成熟時，牠去吃果子，被老蘋果樹轟走。蘋果樹説麻雀不做好事，只顧偷吃人家的食糧，是個饞嘴鬼，不請牠吃蘋果。現在，是麻雀復仇的好時機了。

麻雀對啄木鳥説：「啄木鳥醫生，你真是我們森林的救世主！」

啄木鳥一聽，十分詫異，瞪大眼望着麻雀。

「你不辭勞苦，飛來飛去為樹木治病，如果沒有你，它們活得成嗎？」

啄木鳥想想，也是道理。

「我最替你不值的，就是蘋果樹這老傢伙，不但不感激你，還到處宣揚，説你是靠它養活的。如果沒有它供給你肥美的蟲子，香甜的果實，你老早就餓死了。你看他説的是什麼話？」

啄木鳥果然十分氣憤。

這時，喜鵲飛來，麻雀趁機溜走了。

當啄木鳥知道喜鵲的來意後，就説：「我只愛幫助慷慨大方的人，老蘋果樹結了果子，也不請別人吃。這樣自私，我是不肯幫助他的！」

喜鵲只有飛回去回覆蘋果樹。

蘋果樹聽了喜鵲的話，歎了一口氣，説：「唉，我結的果子，大部分都是留給村中的小孩子的，勤勞的鳥兒，我也有請牠吃蘋果的呀！」

第二天，喜鵲把蘋果樹的話轉告啄木鳥。

啄木鳥聽了，仍然要刁難蘋果樹，説：「以前，我都是義務幫它的忙的，現在，我要收十個蘋果做診金了。」喜鵲又把啄木鳥的話告訴老蘋果樹。蘋果樹説：「唉！現在是春季，哪裏有蘋果呢？告訴牠，到秋季才請牠吃蘋果，好嗎？」喜鵲看看蘋果樹枯黃的葉子，立即飛到啄木鳥前轉達。

「哼！這老傢伙，你以為我真的想吃蘋果嗎？我是看它有沒有誠意！它沒有誠意，我就不去救它了！」啄木鳥儼然救世主的口吻。

這樣，日子過了一天又一天。

啄木鳥家附近的蟲子都被吃光了，牠想起蘋果樹身上肥美的蟲子，吞了一口唾沫，決定飛去看看。

村前的老蘋果樹光禿禿的，飽受蟲子的侵蝕，花兒和青色的小果子都落盡了，蟲子也跑光了。

唉！啄木鳥不單沒有蟲子吃，連秋天的大紅蘋果也沒

指望了。牠眼前一黑，昏倒在落花堆上。

　　雪白的蘋果花上睡着一隻黑黑的啄木鳥。

　　唉！啄木鳥忘記了，其實世間很多事物都是「互利」的呢！

脫了羽毛的鳥兒

羽毛整天跟它的主人吱吱鬥嘴，吵個不停。

吱吱說：「你整天黏着我的身體，又熱又煩人，真不舒服！」

羽毛說：「如果我不是附在你身上，便可自由自在，想到哪裏便到哪裏，多好！」

吱吱說：「你吸掉我身上的養分，又要我分泌油脂來滋潤你，你真是條寄生蟲！」

羽毛說：「你要我像僕人一樣跟隨你，一點也不顧及我的意願，你真是個獨裁者！」

吱吱和羽毛就這樣你一句、我一句，沒完沒了的說下去。

晚上，吱吱在樹林歇息，一道詭秘的月光射來，把牠的身體罩着。吱吱身上一陣痕癢，半夢半醒間，牠感到身上的羽毛竟脫了下來。吱吱頓然覺得遍體清涼，就像吃薄荷糖似的。

天亮了，羽毛和吱吱一覺醒來，猛然發覺跟對方分了

手，它們不禁大聲歡呼。

羽毛輕快地哼着歌兒：「啦啦啦，我終於得到自由喇！唔，飛到哪裏去好呢？」羽毛一向跟着吱吱，從來不用動腦筋啊。

想了好半天，羽毛決定到林間吸點露水。它拍拍翅膀，但，翅膀無力的垂着，飛不起來。等了半天，一陣微風吹來，羽毛便趁勢躍起，飄到一塊樹葉上——哈，果真喝了點清甜的露珠哩。

隨着微風，羽毛探訪了盛開的百合，討了點花蜜，又跟草莓妹妹説了片刻話兒。

現在，羽毛被倒掛在樹枝上，正等待微風把它送走。唉，這「自由」——並不是隨心所欲的啊！

等呀等的，一陣大風吹來，羽毛被捲上半空，飛至老高老遠。風弟弟玩累了，它突然停下腳步——噢，羽毛掉進臭水溝去了。

那邊廂，吱吱脱掉羽毛，好不自在。

「少了羽毛的負累，可真輕鬆多了。」吱吱想。

然而，炎熱的下午很快到來，吱吱光禿禿的身軀，幾乎被太陽烤焦了，牠得趕快找個陰涼的地方躲避。

吱吱正要起飛——咦，不對勁，為什麼身體那樣沉重

的？少了羽毛，吱吱哪裏飛得動呀？

「呼」的一聲，一把利箭突然向牠射來。是獵人！吱吱用盡平生力氣，向濃密的樹叢飛奔而去。

夜半，吱吱給寒風冷醒，牠想着那又鬆又軟的羽毛，平日真虧它呵護備至哩。

「不行！明天我一定要把它找回來！」吱吱含着淚説。

第二天，吱吱清早起來，走遍森林、走遍田野，牠大聲呼喊：「羽毛兄弟！羽毛兄弟！你在哪裏啊？」

最後，吱吱在臭水溝裏找到羽毛，牠顧不得羽毛身上的臭味，就緊緊跟它擁在一起。

吱吱把羽毛銜到溪水旁，讓溪水把羽毛身上的污漬清洗乾淨，然後掛在樹枝上曬晾。

自此，吱吱和羽毛發誓：以後再不嫌棄對方，一生一世永不分離。

冰封的森林

這是一個奇怪的樹林，整個林子都是銀白色的，見不到一片綠葉、一朵紅花、一個金黃的果實。

原來，葉子都給冰雪封蓋住了，成了一片片冰凌、一條條冰柱。

林子在陽光下閃爍着，射出璀璨的光芒，看來好美麗啊！但是，走進去的人都急步跑出來，因為裏面太冷了，沒有一絲溫暖，會凍死人的。

這裏，沒有活潑潑的飛鳥經過，也沒有蹦蹦跳的動物走動，除了一隻小白兔——尖尖。

真奇怪，為什麼尖尖獨個兒住在這寒冷的樹林裏？

原來，很久以前，這裏花香處處、野果纍纍，很多小動物在這裏居住的。

一天，來了一隻小兔子尖尖。牠喜歡這裏，就住了下來。

牠是一個自私自利的人：園子裏的垃圾，牠往街外一掃，就不理了。小松鼠和牠打招呼，牠頭一昂，就走回屋

子裏。

林子裏遍地是野果——艷紅的草莓、香噴噴的玫瑰漿果、鬆脆的松果、金黃的栗子，都是小動物的食糧。

但是，小兔子一早起來，提着籃子，把果子都採盡了，搬回家中，貯存起來。吃不完的，就在家中爛掉。可是，其他動物就得餓着肚子了。

山上嘩啦啦的流下清甜的泉水，尖尖用竹管把它引到自己的家中，別人都沒有水飲啦！

小動物都不喜歡牠，就搬到別處居住了。

尖尖對其他動物沒有一點愛心，沒有一些溫暖；慢慢地，牠的心變得又冷又硬，結冰了。

尖尖的心結冰後，沒有了愛心，沒有了溫暖，花草樹木都活不成了，整個林子慢慢被冰雪封蓋了。

冰封了的森林，只有小兔子獨自生活着。

一天，一隻很小的鳥兒飛過森林，牠抵受不了那寒冷的空氣，身體僵硬了，啪噠一聲掉下去，剛好掉在尖尖園子裏的木桌上，翅膀也折斷了。

尖尖正在喝下午茶，見空中忽然掉下一隻小鳥，便好奇的注視着牠。

小鳥年紀很小，連嘴巴也是嫩黃色的，小小的胸膛抽

搐着，眼看活不成了。

　　尖尖孤獨了很久，現在見到生物，心中竟然有一絲高興。牠做了一件自己認為很傻的事，就是用小手帕把小鳥受傷的翅膀包起，再把牠放在一個墊了乾草的籃子裏。

　　不久，森林上空響起了銀鈴似的聲音，小鳥的媽媽正在唱着哀歌在空中迴旋呢！尖尖聽了，竟然產生難過的感覺。

　　鳥媽媽看見桌子上的小鳥，立刻飛下來，原來，牠的

小寶貝，正躺在柔軟的乾草上養傷呢！鳥媽媽又高興又感激，快樂地唱起歌來。尖尖聽了，心中也高興起來。

　　小鳥兒的傷還未好轉，鳥媽媽每天便冒着寒冷，飛進冰封的樹林，繞着小鳥，一遍又一遍的唱歌，牠的愛，牠的關懷，牠的擔心，牠的喜樂，都在歌聲中流瀉着。

　　坐在桌旁的尖尖，一遍又一遍的聽着，溫暖的歌聲，使牠冷硬的心慢慢地融化了，眼角也不知不覺間流下淚來。

　　尖尖看見冷僵了的花草，心中十分難過，便每天清早起來，跑到老遠的地方，打水回來，給花草澆水，小鳥和媽媽就在牠身旁唱歌。

　　有了愛心的灌溉，葉子上的霜雪慢慢融化了，變成滋潤植物的水分。花草樹木又繁茂的生長起來，林子裏現出一派生機。

　　松鼠、小鹿、小羊、箭豬、山雞都搬回來了，林子裏又恢復了往日的熱鬧。

幸運村

在地球的一個角落裏，有這麼的一條「幸運村」。

一天半夜，半空響起轟隆隆的巨響，颳起了狂風。

天亮一看，村前一株大榕樹給風拔起了，樹根下面是一個深洞，洞裏有五箱古老的金幣，全村子每戶人家都分得一大把。

另一天下午，一股猛烈的龍捲風過後，啪啦啪啦啪啦，忽然下起了魚蝦雨，小魚小蝦鋪了滿街，每人都提了幾桶魚蝦回家。當晚，家家都是吃「白灼蝦」、「小魚煎蛋」。

有一天，鄰近地區的海底火山爆發，引起了海嘯，幾丈高的浪頭向幸運村捲來。海嘯過後，村民走到海邊一看，留在堤岸上的，除了一灘灘海水之外，還有幾十斤重的大海斑，幾呎長的鰻魚，還有大花蟹、大龍蝦。村民們立刻興高采烈地把海鮮抬到店裏賣。

有一次，天上爆發了一個巨雷，閃電過後，村前的一塊草地着了火。火勢蔓延得很快，村民都來不及灌救，只得眼睜睜看着熊熊的烈火焚燒。

後來，火燒到小河前就停了。村民們仔細一看，都鬆了一口氣。原來這塊草地是村中打算開墾種菜的荒地，大火剛好把野草燒去，省了村民不少功夫。

又有一次，村民掘井灌溉，掘呀掘的，都掘不到水。後來，上面的人聽到水聲潺潺了，但是噴出來的水都是黑色的，村民們都頹喪萬分。

忽然，有人大叫起來，說：「呀！不是水，是石油，是黑金子——石油呀！」

原來，村子裏掘出了珍貴的石油。

還有一次，村子裏的莊稼有了蟲患，眼看農作物都枯黃了，連新播的種子也不能倖免。

禍不單行的，才十月天，竟然下起大雪來。而且一連下了許多天，田裏都堆滿了白雪。

農夫都覺得沒指望了，大家都垂頭喪氣。

一個星期過去了，白雪開始融化了。

村民們發覺，田裏的害蟲都凍死了。雖然枯黃的農作物凍死了，但新下的種子卻安然無恙，因為堆積的白雪為它們做了一條又鬆又軟的棉被，隔絕了冰冷的空氣。

雪融的時候，土地裏灌滿了水，種子喝飽了水，快快的從土裏探出頭來。轉眼間，田裏又一片青綠。

看看！這條村子的幸運事可多着呢！

可別追問「幸運村」在哪裏，因為我正在查看我的羊皮藏寶圖。

若我找到了，一定告訴你，一定！

雪花兒

佳佳噘着嘴，在窗前坐着。

外面，四周靜悄悄的，雪花又飄下來了，像扯碎了一蓬蓬的「滿天星」花兒，又像撒下了片片櫻花的薄瓣。

「哎！又下雪了！」佳佳沒精打采的嘟噥着。他隨着爸爸媽媽從溫暖的香港移民到溫哥華，還未適應那寒冷的冬天。下雪天，他不愛出外，寧願躲在那有暖氣的屋子內。但是，今天爸爸媽媽都上班了，只剩下婆婆在搖椅上一仰一合的打瞌睡。佳佳好寂寞呀！

「布娃娃你來玩玩好嗎？」佳佳問。可是，布娃娃瞇瞇笑不作聲。

「熊寶寶你和我玩好嗎？」熊寶寶瞪大眼睛望着他。

只有壁爐上的時鐘，搖着頭：「不呀！不呀！」的應着。

佳佳只好望着漫天飛揚的雪花。

忽然，一朵大大的雪花，飄飄旋旋的落下來，在窗前滴溜溜的轉了一個圈，變成一個膚色雪白的小姑娘。穿着

白色的短紗裙，戴上銀色冰珠串成的冠冕，拿着晶瑩閃亮
的小冰棒。

「嗨！佳佳！」小姑娘說。

「啊！你是誰？」

「我是雪花兒，我是冬天出生的雪花兒！」

「我不喜歡冬天！我不愛下雪！冬天又冷又悶！」

「冷也有冷的滋味呢！」雪花兒的聲音像一串小銀鈴：「來！出來！佳佳，戴上你的帽子，穿上你的外衣，我帶你到雪國玩耍！」

雪花兒又滴溜溜的轉了個身，那薄薄的紗裙舒展開來，就像一朵小雪花。悶得發慌的小佳佳忍不住了，戴上他的小帽子和小手套出來了。

細細的雪花隨着清新的空氣迎面撲來，黏在佳佳的臉上，送給他一個清涼的吻。佳佳呵了口氣，白白的煙霧升騰起來，他就像一個噴氣的小火車頭。

路旁的草地，堆了近呎的白雪。停泊在附近的汽車，變成了一隻大大的白甲蟲。佳佳把身子縮作一團，瑟瑟縮縮的往前走，好像那樣冷空氣就不會侵襲他似的。

雪花兒笑了笑，用晶瑩泛彩的冰棒輕輕的點了佳佳一下。嗨！真棒！佳佳長了一對蜻蜓般的白翅膀啦！雪花兒拉着他的手，飄飄旋旋的飛上半空。

密密的雪花向他們撒過來，又揚開去。佳佳和雪花兒像在雪海中暢游的兩條小銀魚。地上可好看啦！不同形狀、不同顏色的小屋都鋪上一層潔白的雪；花叢、樹上都開滿了銀色的大菊花。他們飛過了一排排的松杉林，上面覆蓋着一層層的白雪，就像聖誕卡上的一樣。

他們又飛過農莊，所有的農田都蓋上了一張雪氈子，銀白色的一片。

「啊！金黃的南瓜和碧綠的玉蜀黍都沒有了，多可惜啊！」佳佳叫了起來。

「經過熱熱鬧鬧的春天、夏天、秋天，它們都累了，現在正躺在白雪氈子下休息呢！」

「那豈不是要凍死了？」

「當然不會，厚厚的雪氈子把冷空氣隔開，它們可暖和呢！春天一到，雪花融化成水，給種子喝個飽，它們又長得肥肥壯壯的了。」

雪停了，太陽出來了。他們來到一塊大雪原上，兩旁的樹木散發出晶瑩璀璨的光芒，掛在樹枝上的串串冰柱閃得人眼都花了。山腰也閃着虹彩般的光芒——原來那奔瀉而下的小瀑布也給凍住了，變成一條藍瑩瑩的、晶瑩通透的、美玉造成的長滑梯。

一個、兩個、三個、四個……許多許多個的雪花兒都從那長滑梯上溜下來了。到了地上，她們滴溜溜的轉了一個圈，就在雪原上滑起雪來，那翻飛着的短裙像一朵朵小雪花在飄旋。佳佳也跟她們一起溜着、笑着、嚷着、打雪仗、滾雪球、堆雪人……整個山谷都閃爍着璀璨奪目的銀

光。

　　誰説冬天悶呢？

　　回到家中，天已晚了。

　　爸爸媽媽推門進來，小佳佳正在窗前看得入神。

　　「小佳佳，你看什麼呢？」

　　「哈！媽媽！雪花兒又來了！」小佳佳高興的嚷着。

水精靈

「唥咕！」一聲嘹亮的叫聲，把正在山路上行走的敏兒嚇了一跳，幾乎一腳踩在紅漿果上。跟着，撲剌剌的亂響，一隻白頸黑翅的鳩鳥從矮樹叢中飛出來。

「唥咕！唥咕！唥咕！」谷應山鳴的傳來一陣陣迴響。

從「石屎森林」十三樓的鐵枝囚籠鑽出來的一家人，都禁不住驚喜萬分。

「哎呀！想不到新娘潭還有這麼多鳥兒呢！」媽媽欣喜的說。

舅父和舅母都微笑起來。

兩旁的綠樹、青草，還夾雜着淺藍、深黃、粉紫、奶白的小花，令人目不暇給。

忽然，嘩啦嘩啦的一陣水響，透進耳鼓中。一掛白花花的瀑布，映入眼簾，令人眼前一亮。幾點水珠隨風飄來，倏忽鑽入懷中，不見了。

「到了！到了！」孩子們都忍不住蹦跳起來，大口大口地吸入新鮮的空氣。在這裏可不用擔心空氣污染的指數

呢！

這裏也沒有紙杯、紙碟、罐頭、紙包飲品盒、發泡膠等文明垃圾，多好呀！爸爸和舅舅找了一塊平整的草地，便敲敲打打的紮起營來。

大家放下了背囊，小敏便和表哥、表姐赤着腳，在潭邊的小石澗裏鑽來鑽去，踩水花、捉小蝦。小魚兒也擺着尾巴，在水底和他們捉迷藏。

忽然，在陽光照射下，深深的潭底，有什麼東西向小敏閃了一下。小敏定睛細看時，那東西又不見了。是誰向她打眼色呢？小敏不禁呆了。

「喂！小敏！你呆在這裏幹什麼呢？」表姐問。

「潭底有東西向我打招呼呢！」小敏答道。

「傻瓜！水底裏能有什麼東西？水仙？龍王？」舅母笑瞇瞇的走過來，遞給她一個又大又紅的蘋果。

火紅的太陽下山了，但月亮還躲在雲朵的背後，滿天繁星閃爍。紡織娘、蟋蟀在放聲高歌。草叢裏不時閃着一兩點綠熒熒的螢火。大家圍坐在熊熊的火堆旁，木炭「呸呸剝剝」的響着，不時彈出一兩點火星。談笑聲像潮水般的一陣陣湧來，大家狼吞虎嚥的，吃下香噴噴的雞翼、豬排。倦了，就互道晚安，回營帳中休息了。

＊　　　　　＊　　　　　＊

　　小敏躺在帳幕裏，聽着嘩啦嘩啦的水響，翻來覆去，總是睡不着。掀開帳幕兒看看，天上一顆亮藍的大星向她眨着眼，使她又想起日間潭底下的閃光來。

　　矇矓間，一陣叮叮咚咚的琴聲從潭水那邊傳來⋯⋯

　　「流水聲多好聽啊！」小敏對自己説。她翻了個身，又想睡了。

　　「咦！不對！」她仔細聽清楚了是叮叮咚咚的琴聲，不是嘩啦嘩啦的水聲。

　　「哈！是誰在外邊彈琴呢？」小敏忍不住便爬起來，輕輕的摸出營外。

　　啊！好美的月色！一輪明月，高高的掛在天際，她的清輝灑遍山間、樹梢。在銀白色的月光下，瀑布像一匹銀線織就的白緞，閃亮生輝。

　　月光如水，在小敏的腳下流着，有一股奇怪的魔力，帶引着小敏向潭邊走去。

　　潭邊有一塊高高聳起的山石。在山石上，一叢七色野花中，一個奇怪的小老頭，正翹着鬍子向天空凝望。他的身體像玻璃一樣透明，眼睛也是水靈靈的，像兩點黑水晶。若不是他戴着淺藍色的尖帽子，穿着淺藍色的長袍子，真

不容易發覺他的存在呢!

「伯伯!我可以打擾你一會兒嗎?你在幹什麼呀?」小敏好奇地問。

「呵呵……」老人水靈靈的眼睛在月光下閃爍,像璀璨的水晶球在射燈下泛出瑰麗的光芒:「我是一位哲學家,我在窺探宇宙的秘密呢!」

「赫!宇宙的秘密?」

「對啊!你看!」老人用他晶瑩透明的手指,指着天上説:「上面是廣闊無邊的蒼穹,載着星星、月亮、太陽。為什麼會有星星、月亮、太陽呢?它們依誰畫定的軌道運行?誰使星體發光?誰賜我們一個安身立命之所——地球?若是我們不好好地保護地球,使它污染,那麼造物之主會惱怒嗎?」

小敏被那些高深的問題嚇呆了,搔着頭,想了好半天才説:「伯伯,你找到了答案,記得告訴我們啊!」

　　　　*　　　　　　*　　　　　　*

小敏再往前走,看見一叢怒開的金黃色的野菊花旁邊,坐着有一位肌膚晶瑩透剔的小姑娘,她的嘴唇像紅寶石一樣閃着醉紅的光,她穿着層層浪花似的白紗裙,頭上冠着一頂白玫瑰花環。她正在月光下彈着豎琴,她那透明的手

指滑過琴弦，就像清澈的小溪流在弦間流動。

「姐姐，你的琴聲分外悦耳，我從來沒有聽過這樣動人的音樂呢！」

「我的琴聲，混和了風聲、雨聲、水聲、蟲聲、鳥聲，樹葉起舞的聲音，花兒、青草吮吸水分的聲音，有什麼音樂能和大自然的吟唱相比較呢？」小姑娘的聲音清脆得像輕擊的玻璃。説完，她又輕輕搖着頭，陶醉在自己的音樂世界中。旁邊的清風、蟲兒、流水也輕輕拍和着。

小姑娘身旁，一個伶俐的小男孩，穿着湖水綠的運動衣，正在用放大鏡窺看着一朵粉紫色的花兒。透着他那玻璃似的身軀看去，雜色的花兒在他身後跳舞，點點頭、哈哈腰，有趣極了。

「你在幹什麼呢？小朋友！」小敏問道。

「啊！我正在看書！」

「看書？」小敏驚奇得睜大了眼睛：「可是，那裏有什麼書本呢？」

「哈哈！就在這裏啊！」小男孩指着花兒答道：「你看！這朵花有花萼、花瓣、花蕊、花粉；這葉子有葉脈、氣孔、葉綠素，還有⋯⋯」

「還有！還有我呢！」停留在葉子上的小金龜子説。

「對了，有什麼書本的內容，比大自然中的萬物更真實、更豐富呢？」小男孩說。

＊　　　　　＊　　　　　＊

山上面飄來一陣陣食物的香氣。這香味好像有什麼蠱惑似的，把小敏吸引了過去。

在潭邊幾塊大石上，張着幾柄七彩太陽傘，下面是幾張松木長桌，一些玻璃小矮人在舞刀弄鏟。旁邊幾位小矮人，正坐在樹樁上吃東西。

小敏站在攤子前面。

長桌邊的小矮人，一邊揮動着木勺子，一邊招呼小敏：「誇啦啦！我們是天下第一的美食家。看！這邊有美味的飲品——白樺樹汁、清潤椰汁、新鮮礦泉水、香甜露珠兒……」

長桌另一邊的小矮人也不甘後人，對小敏說：「巴喳喳！試試我們的玫瑰紅豆沙！還有清炒花蜜、脆炸漿果、醬爆磨菇、香烤蘋果、奶油香蕉、蜜餞白菊花、花粉炒牛奶、鮮忌廉丁香花蛋糕、白汁嫩葉……」

小敏看見身旁的小矮人吃得津津有味，也忍不住拿了一個脆炸蘋果吃起來。

「唔！外邊炸得鬆脆，裏邊軟滑酸甜，味道真好！」

她又喝了一口香甜露珠兒，清涼透心，遍體舒暢。比那些混了糖精、人造色素的飲品好多了。

月光下、潭水前，又是另一番景象。一羣水晶般透明的小矮人，有的倚在山石邊，有的坐在樹樁上、有的躺卧草地上，他們唱歌的唱歌、跳舞的跳舞、談天的談天。月亮照在他們水晶般的身體上，像鑽石一樣閃着光。有幾束月亮的光芒透過他們玻璃似的身軀，折射到潭水裏，分散成紅、橙、黃、綠、青、藍、紫七色光譜，像潭底開啟了無數七彩的射燈。

小矮人的歌聲，像撞擊着的小風鈴，十分清脆悅耳；他們的快樂，像半空中的太陽光，暖洋洋的向四周射開來。

「小精靈，請問你們為什麼這樣開心？」小敏問道。

「呵呵！我們不是小精靈，我們是住在潭底的水精靈。你問我們為什麼這樣快樂？哈哈！你看：山間的明月、林裏的清風、清新的空氣、芬芳的花香、香甜的野果、美妙的蟲聲、婉轉的鳥鳴，都不需要錢買。我們不需要爭分奪秒，拚命的去賺錢去花費，就擁有這麼多，我們為什麼不快樂？」

在美妙的琴聲中，小敏也不知不覺的和他們手拉着手，愉快地跳起舞來。

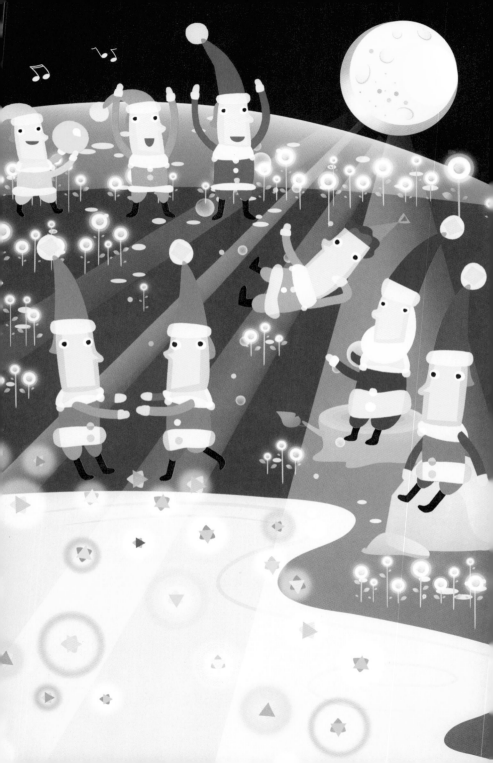

跳舞累了，小敏就喝着一杯香甜露珠兒，倚在石上休息。

「你想到我們的家中看看嗎？」一個大眼睛小矮人問道。

「好呀！可是，我怎樣才可以鑽到水底去呢？」小敏說。

「不用怕，你只要閉上眼睛，跟着我們走就成了。」小矮人回答道。

於是，小敏閉上眼睛，兩個小矮人，一個在左，一個在右，拉着她的手。

「一二三！跳！」咕咚一聲，小敏跟着小矮人跳進水裏，耳邊只聽到咕咚咕咚的水響。

「到了！」小矮人大聲嚷着。

小敏張開眼睛。嘩！好一片彩色繽紛的水底世界。泛着霓虹彩光的水草、海葵、珊瑚在搖來擺去，隨着水流跳韻律操。珍珠蚌、蜆姑娘在一開一合的搧涼。閃綠、亮藍、艷紅、金黃的小魚兒在游來游去。

在這個七彩的水底花園中，張着一個個透明的小帳篷。

「這就是我們的家了！」小矮人說。

小敏定眼一看，原來這一個個的小帳篷都是人們棄置

的透明膠袋。小矮人把它們洗乾淨補綴起來，就成為一個個帳篷了。帳篷裏還有發泡膠砌成的牀，汽水罐做的桌子椅子、爐爐灶灶呢！小矮人把廢物都利用上了。

「多聰明啊！」小敏嘖嘖稱奇。

小敏在水底花園中蹓躂，和七彩魚兒追追逐逐，和蝦兒、蟹兒玩捉迷藏，和水草一起跳韻律操，開心極了。

「多美麗呀！」小敏開心的稱讚着。

快樂的時光總是容易溜走的。月兒西斜了，水精靈把小敏送回潭邊，和她告別後，就「叮咚叮咚」一個一個的跳進水中，很快就消失了，水面上只剩下一圈一圈的漣漪在月光下盪漾着……

$*$ $*$ $*$

朝陽升起了！橙紅灰藍的彩霞滿布天空。山花的清香氣味撲鼻而來，露珠兒在葉子上滾滾欲滴，鳥兒唱着悅耳的晨曲。

小敏的眼睛也像水精靈般閃爍閃爍，她禁不住大叫起來：「清晨多美啊！水精靈説得對，許多好東西都是不需錢買的，只要我們張開眼睛、敞開心靈，就可以享受得到了！」

睡在一旁的媽媽給她吵醒了，笑着説：「瘋丫頭，你

瞎嚷些什麼？」

「媽媽！我可遇上些奇事呢！」小敏迫不及待的把昨晚的奇遇告訴媽媽。

「啊！原來昨晚你作了這麼一個好夢。真有趣！」媽媽微笑着説。

「哎！這是真的呀！」可是，這美妙的經歷，媽媽也不能和小敏分享。

＊　　　　＊　　　　＊

是和新娘潭告別的時候了。大家把營帳收好，把垃圾安置妥當，背起行囊回家去。

小敏回頭一望，潭底金光閃爍，無數的水精靈在水底向她眨眼。

小敏也頑皮的向水精靈眨了眨眼，笑眯眯的走了。

水精靈的秘密，只有小敏一個人知道。

生活故事篇

零用錢的故事

今天，老師講授課文的時候，剛巧説起了「零用錢」這個詞語，便向大家問道：

「你們有沒有零用錢呢？」

「有！」大家齊聲答。

「媽媽每星期給你們多少？」

課室立刻鬧哄哄的説開了：

「五十元！」

「二十元！」

「三十元！」

「一百元！」

忽然，一個尖嗓子驚人的説：「二百元！」

大家不約而同的向他望去。

啊！原來是丁強。

想不到平日衣衫不整的丁強竟然是小富翁！怪不得他平日總愛請同學到商店抽閃咭、抽禮物蛋啦。

小方羨慕的想，一邊摸摸自己袋中的十塊錢。每星期

只得這麼一點點的零用錢，剛才也不好意思說出來呀！

有時，小方也會埋怨的，說媽媽真「孤寒」。

但媽媽問他要那麼多零用錢幹嗎？

是呀！小息時吃的三文治，喝的冰水，媽媽都預備好了；用壞了、用完了的文具，媽媽也老早替他添置好。他那有機會用錢？每星期的十塊錢零用，也是存放在肥豬錢罌裏多，所以，小方也沒話說了。

放學回家的時候，小方看見丁強站在一間燒臘店前，望着裏面的白切雞出神。

小方便問丁強：「你吃過飯了？」

「為什麼還不回家吃飯？」

「我每天都在外面吃飯的。因為媽媽要到沙田做生意，晚上八時多才回來，所以她給我二百塊錢零用。但是，今天我的錢包遺失了，所以……」

小方看見丁強餓着肚子，心中很難過。於是，他拉着丁強的手，說：

「來我家吃飯好了，我家就在對面街上。」

「你不怕媽媽罵嗎？」

「我媽媽從來不罵人的。」

小方就半拖半拉的把丁強扯到家中。

媽媽聽了丁強的遭遇，微笑着説：「你丟了零用錢，這兩天就來這裏吃飯吧！」

今天的餸菜有煎鯪魚餅、炒菜心、梅菜蒸豬肉、老火霸王花瘦肉湯，媽媽還特地為丁強煎了個荷包蛋。

丁強呼嚕呼嚕的喝了兩碗湯，便筷如雨下，落在青菜、魚餅上，一邊説：「伯母做的菜真好吃！」

小方吃慣了倒不覺得怎麼樣，但想起丁強每天都是燒味飯、餐肉香腸蛋飯，乾巴巴的，沒有菜，也沒有湯，怪不得他喜歡吃家中燒的菜了。

吃過飯，媽媽收拾好碗筷，小方和丁強就伏在桌子上做功課。

媽媽坐在他們身旁，看見丁強的羊毛背心掉了扣子，口袋也裂了縫了，就叫他脱下來，替他縫好。

四時三十分，是吃茶點的時間。「該休息一會了，快來吃東西吧！」媽媽説着，捧上豆漿和火腿三文治。

她還扭開電視，讓他們一邊吃一邊看卡通片。

豆漿又香又濃，是媽媽親手磨的，丁強喝得舐着嘴。

休息後，他們又開始溫習了。

六時許，爸爸回來了。媽媽對丁強説：「晚了，回家去吧！天黑路不好走。」

丁強穿上縫好的背心，走到門口，嘴唇動了動，不知想說什麼。

媽媽笑着說：「丁強，你回家問准媽媽，以後放學來和小方作伴，一起溫習吧！多個人多雙筷子，不要緊的！」

小方看着丁強瘦小的身影消失在黑暗的街角，回望剛亮燈的家，裏面傳出爸爸媽媽的談話聲和餸菜的香味，他忽然覺得自己非常非常富足。雖然他的零用錢最少，但卻感覺像個富翁了。他很想笑，也很感恩。

小雪球

雪，無聲無息的飄下來，像漫天飛舞的白楊花；又像芭蕾舞中站着腳尖輕旋着的跳舞女孩的白紗裙。

園子裏積了半呎厚的雪。那鬆鬆軟軟的雪堆，是堆在栗子蛋糕上的鮮奶油，是撒在糖沙翁上的白砂糖，是剛買回來的棉花糖。

寧兒和健兒隨着爸爸媽媽，從香港來到溫哥華。他們第一次看到這麼濃密的大雪，擠在窗邊嘰嘰咕咕了好一會，耐不住了，就問准了媽媽，穿上鬆軟的羽絨，戴上帽子和圍巾，踏着厚厚的雪靴，拖着長長的雪橇，走到屋外去。

打開大門，清新冰冷的空氣迎面吹來，像咬着清涼的薄荷糖。園裏青綠的草地、蒼翠的松柏、灰黑的小徑，早給白雪覆蓋了。到處都是白茫茫的一片，多乾淨！多寧靜！

寧兒和健兒坐在雪橇上，溜了一遍又一遍，在白皚皚的雪地上，就像兩個滾動着的小彩球。

忽然，健兒高聲嚷道：「喂！你看！松樹下的雪堆會動的！」

「你眼花吧！」寧兒不信。

「真的呀！你仔細看看！」

果然，松樹下，一團小雪球，輕輕的聳動了一下。

「看看是什麼東西？」寧兒和
健兒立刻圍攏過去。

小雪球輕輕抖動了一下，
抖開身上的雪，露出紅寶石似
的兩隻眼睛，一身雪白的絨
毛。

哈！原來是一隻長
耳朵大白兔！

這隻白兔也不怕
人，用紅眼睛望了寧
兒、健兒一會，就

扒呀撥的，便從雪堆下挖出幾個松果，拖回巢中。

原來，樹洞裏還排排坐着四個小雪球，八隻紅眼睛望着他們呢！

「呀！兔媽媽真好，天氣這麼冷，還到處找東西給小小兔吃。」寧兒説。

＊　　　　　　＊　　　　　　＊

從此，每天早上，健兒和寧兒便帶着栗子，冒着雪，到松樹下探望這「紅眼一族」了。

這一天，健兒推開門，奇怪？白皚皚的雪地上，綻開了一朵朵的小小紅花，直開往樹底下去。

再仔細看清楚，呀！不是小紅花，是一滴滴的鮮血呢！

健兒和寧兒循着血跡往樹下奔去。

呀，不得了！兔媽媽的腿部受了傷，還淌着血呢！

「兔媽媽受了傷，怎能找食物呢？一定會把小小兔餓壞的。我們請媽媽收留牠們吧！」健兒提議着。

寧兒二話不説，便把一個個的小雪球捧上雪橇，拖回家中。

媽媽拿出蹦帶，先替兔媽媽包紮傷口，還拿紅蘿蔔給牠們吃。

幾個鑲了紅寶石的小雪球愉快的啃着紅蘿蔔，寧兒和

健兒的心也快樂得開了花。

　　　　　＊　　　　　　　＊　　　　　　　＊

　　過了幾天，兔媽媽的腿傷好了，幾個小雪球溜到大門前，不停的在門縫邊嗅着嗅着。

　　「媽媽，牠們幹什麼噢？」寧兒問。

　　「哦，兔兒想念門外的世界呢！」媽媽答道。

　　「但是，外邊那麼冷，又危險，也沒東西吃！」

　　「牠們本來是野生的動物，習慣了自由自在的生活。有時，自由比安逸更重要啊！」

　　「那麼，我們把牠們放了吧！」健兒說。

　　大門一開，幾個小雪球連滾帶跑的奔出去。轉眼間，就消失在白茫茫的雪地中，地上只留下幾個淺淺的腳痕。

　　第二天，寧兒、健兒推開門，正想去探望他們的好朋友——小雪球，卻看見雪地上有兩行大大的野獸腳印。

　　「媽媽，這是什麼呢？」

　　「這不像是狗，卻像是黃鼠狼的腳印呢！」媽媽說。

　　「哎呀！黃鼠狼會吃掉小兔子的！」健兒、寧兒急忙向樹洞奔去。

　　幸好，幾個小雪球仍然安安穩穩的坐在洞裏。

　　為了保護小白兔，媽媽把一個捕鼠夾子，放在通往那

樹洞的小路上。

這一晚，外邊風雪很大。健兒、寧兒兩個翻來覆去的睡不着。他們聽到外邊有動物的吼叫聲，還有掙扎的聲音。

好不容易才等到天明，健兒、寧兒飛奔出去。

捕鼠夾上那有黃鼠狼的蹤跡？只餘下幾撮棕啡色的長毛，黃鼠狼一定掙脱了。

更壞的是：幾個小雪球全部不見了，只剩下空空的樹洞。

「媽媽！都是你！都是你！把小雪球放出來，現在給黃鼠狼吃掉啦！」寧兒差不多要哭了。

「不用擔心。你們看看，附近都沒有血跡，兔兒不像是給黃鼠狼衛去。可能牠們知道附近有黃鼠狼出沒，靜靜的搬了家！牠們是野生動物，自然有一套求生本能來適應大自然的環境，應付野獸的侵襲。就算是你們，長大之後，學好本領，媽媽也會叫你們到外面的世界闖闖，經歷一下風雨。不能為了安全的理由，一輩子把你們攬在懷裏呀，對嗎？」媽媽溫柔的説。

雪，仍然不停的下着。

寧兒和健兒都沒有作聲，只是心中默默的祝禱：「再見，小雪球！祝你們好運！明年春天記着來探我們。」

漫遊雪鄉

　　農曆新年假期裏，寧兒、健兒和我，隨着爸爸媽媽，到張家界旅行去，

　　張家界在中國湖南省東北部，那裏的索溪峪是一個風景很美的地方。

　　傍晚時分，我們上了火車，在車上睡了一晚。第二天，火車搖搖晃晃地向北駛，把青綠的田野都拋在後面，只覺得天氣越來越冷了。

　　第二天晚上，我們下了車，在常德市的旅館住了一夜。

　　清早起來，天色陰沉沉的，寒氣從四方八面襲來。寧兒大聲嚷着：「下雪了！下雪了！」

　　果然，漫天的小雪點，紛紛揚揚的滾下來，並不像圖畫中六角形雪花般美麗。

　　上旅遊車時，路面的積雪，都結成薄冰了，滑溜滑溜的。

　　陳叔叔一腳踩在冰上，「的溜溜」的轉了個圈，好容易把身子定住了，他還說是溜冰花式表演呢。寧兒可沒有

這麼幸運了，一跤溜下去，跌了個烏龜溜滑梯——四腳朝天。嚇得小弟弟健兒，用胖嘟嘟的小手，緊緊抓着媽媽的衣角。

車子向青岩山駛去。

路上，大雪紛飛。一夜之間，山白了頭、樹白了頭、小屋子也白了頭。那些梯田、樹木、房子，一層白一層黑的間雜着，就像撒了過量糖霜的黑森林蛋糕，惹得我不斷地嚥口水。

車行一小時後，公路越來越滑溜了。司機叔叔連忙下車，在車尾叮叮咚咚的敲起來。原來，他吃力地擺弄着兩條鐵鏈，想把兩個後輪包起來。

「叔叔在幹什麼？」我問。

「哦，車子不聽話，老愛在路上溜冰。司機叔叔生氣

了，就用鐵鏈把它鎖起來了！」爸爸一本正經的說。

寧兒、健兒聽了都傻了眼。

「別聽爸爸的瘋話！」媽媽說，「司機叔叔在輪胎上加鐵鏈，只不過想增加輪子和地面的摩擦力，使車子不至在冰上滑行，增加安全罷了！」

大家恍然大悟。

司機叔叔上車時，他也白了頭。

車行了半天，我忽然坐立不安起來。

媽媽問：「你怎麼了？」

「我要尿尿！」

陳叔叔笑着說：「你可要記得帶根棒子下車去呀！」

「為什麼？」我丈八金剛，摸不着頭腦。

「天氣那麼冷，在雪地上尿尿，一出來都凝成冰柱了，你不把它敲斷，怎回車上來呀？」

車上的人都呵呵笑起來。

還是媽媽好，她說：「別逗小孩了。」就吩咐司機叔叔在前面的農家停下來，拖着我向茅廁奔去。

農家的茅廁可真隱蔽啊！在雪地拐了幾個彎才找得到。茅廁沒有門，只用一個破麻布袋做簾子，冷風不斷從破洞中鑽進來。茅廁的右邊是豬圈、牛欄；左邊是雞舍、

71

鴨棚。當我尿尿的時候，豬和牛「唔唔哞哞」地叫，雞和鴨「咯咯呷呷」地吵，媽媽說這是「尿尿交響曲」呢！

車子繼續在白雪中奔馳着。

到了，到張家界了！

寧兒、健兒和我，都穿上羽絨大衣，戴上手套和雪帽，套着草鞋、扶着拐杖，跟爸爸、媽媽、叔叔們攀山去了。

途中，白雪滿山。堆在路旁的像厚厚的棉花糖；鋪在山石上的像薄薄的砂糖。寧兒一邊用拐杖在雪上寫字，一邊嚷着天爺爺放的砂糖太多了，這黑森林蛋糕恐怕甜了點。

樹上的禿枝，都給一層通透的水晶包裹着；剩下的幾片葉子，封上一層晶瑩的冰霜；凝在枝頭棱棱的冰針，好像綻開了一朵朵水晶花。我們愉快地在這玉樹銀花間走着。

抬頭一望，山頂上的亭台樓閣，銀裝素裹，仿如瓊樓玉宇，夾雜在閃着銀光的玉樹叢中，一片琉璃世界，人就彷彿走進神仙境界裏了。

我看得呆了，連答應健兒、寧兒一起堆雪人、滾雪球、打雪仗的玩意兒都忘了。

夜半驚魂

四周黑漆漆一片，只有牀頭上小鬧鐘綠熒熒的指針指着三時多。

小窗外，半輪暗淡的月光在薄紗似的雲間穿插。除了唧唧的蟲聲外，就是梟鳥一聲高一聲低的啼聲；偶然也會聽到郊狼一聲半聲的嚎叫，這就是住在大學附近森林保留區常聽到的靜夜交響樂。

平時，這正是我好夢方酣的時刻，可能正在夢中品嘗美味的牛扒，果仁朱古力冰棒；或者是乒乓球賽贏了小健；或者是英文科考試得了一百分，為什麼我會在這甜蜜的夢鄉中走出來呢？

「嘞……嘞……嘞……」「吱格吱格吱格……」是了是了，就是這樓上傳來的怪聲把我吵醒了。這怪聲是從樓上姐姐的房間傳來的，好像是有人正在拖動桌椅，翻開抽屜。樓上除了書房、浴室之外就是媽媽跟姐姐的房間，媽媽的房間就在我頭頂，姐姐的房間連着露台。姐姐已到東岸多倫多城升學去了，爸爸也正在香港工作，溫哥華市就

只剩下我和媽媽了。那麼，誰在深夜搬動傢俬呢？

是媽媽嗎？是她睡不着在替姐姐收拾房間嗎？不對呀！媽媽從來都很替他人着想的，爸爸初回香港工作的時候，她帶着我們兩個小孩，住在洋人多華人少的地區，她很不習慣，晚上常睡不着，她也只是躺在牀上看書，從不下牀走動，怕吵醒我們。況且，今天她僱了工人來園中修剪花木，自己也忙了一整天，疲累極了，想來現在正睡得香呢！

那麼，還有誰呢？可能是我聽錯了，還是放開懷抱睡吧。

可是，正矇矓間，那怪聲又來了，我不由得打了個冷顫，因為想起以前看過的一套靈異影片，説一間老房子裏還有第二度空間，是已經離世的以前的老房客住的。在深夜時分，他們就從住的地方走到我們的空間活動活動的。這時，一陣冷風吹過，門前的大樹沙沙作響，梟鳥也叫得更淒厲了。「格登格登……」樓上好像有什麼東西要走下來了，我想起我們的房子已有六十年，莫非……莫非是有鬼？我緊緊的拉起被子蒙住了頭。

被窩裏更黑了，但是我的頭腦更清晰了。千百個念頭在我腦海中迴轉。忽然，腦海中電光一閃，糟了糟了，莫

非……莫非是進了賊？姐姐的房間隔着一道玻璃門通往露台，小偷可能從水渠爬上了露台，再走進姐姐的房間翻箱倒篋。幸好姐姐已把貴重物品搬走，只剩下了一些不要緊的衣物，就由得賊人自來自往吧，避免與他正面衝突。

忽然，我把被子一掀，整個人彈了起來，不行！疲累的媽媽正在姐姐房間的隔壁酣睡呢，她一定睡得很香，連隔壁的怪聲也聽不到。如果賊人走過去，豈不是要把媽媽嚇死。

我立刻百分之一百清醒了。我雖然只有十二歲，但爸爸不在，家中就只有我一個男子漢了，保護媽媽是我的責任呀！

我躡手躡腳地走進廚房，拿起我的壘球棒，壯着膽子，就悄悄地走上樓梯。

我踮着腳尖走着，盡量不發出一點聲響，只聽見心房「卟卟」的跳着。

姐姐的房門是打開着的，我靜靜的探頭進去，在朦朧的月光下，看不見人，可能小偷剛從露台上逃走了，我大着膽子，輕手輕腳地走到玻璃門前望出去。

嘩！不得了！露台上的兩張摺椅被拖倒了，兩個大紙皮箱也被弄翻了，雜物四散，水靴、厚膠拖鞋束一隻、西

一隻。

　　而我呢——這個舉起壘球棒的「小英雄」，和「惡賊」
正面相遇了——兩隻狗樣大的臭鼬鼠，鬆起全身的鬃毛，
用泛着橙光的圓眼睛瞪着我！

　　唉！這兩個在林中餓慌了的傢伙，竟爬上我家的露台
來找東西吃，不但驚醒了我的好夢，還嚇得我出了一身冷
汗！

肥肥和瘦瘦

非非和秀秀是兩姐弟。

非非是弟弟，才八歲，已經一百一十多磅重了。兩條腿粗壯得像小笨象，手指胖嘟嘟圓滾滾的，反轉手背就見五個小肉窩，脹卜卜的肚皮像個大肚子彌勒佛；走起路來，大腿上、肚子上的塊塊肌肉不停顫動，看得人眼花繚亂。所以，人們都叫他做「肥肥」。

秀秀是姐姐，十歲了，還不夠六十磅重哩！手腳幼得像根樹籐，只是一層皮包着骨頭罷了。有一次，音樂老師排練「動物嘉年華會」組曲中的「骷髏之舞」時，要秀秀穿了黑衣黑褲，只用白油在她胸前、背後畫了幾排肋骨，也不用化妝，在舞台燈光掩映之下，活生生的就像一具骷髏。她瘦得真厲害，人們就叫她做「瘦瘦」。

肥肥和瘦瘦常玩在一起，也常常爭吵。

坐蹺蹺板的時候，老天！肥肥一坐下，另一端的瘦瘦就被彈起半天高！

溜滑梯的時候，秀秀在前，肥肥在後。只要肥肥使勁

一蹬，瘦瘦就會像子彈一般滑出梯外。

打架的時候，瘦瘦身手敏捷，轉眼就向肥肥攻了五六拳。但肥肥只笨拙的出了一拳，瘦瘦就應聲倒地。

肥肥和瘦瘦都買不到褲子。就算肥肥穿「加大碼」，褲子也常常「爆呔」。瘦瘦就算買「細碼」吧，褲子也會像布幕一樣落下。

所以，媽媽買兩碼布回來給他們做褲子，大份的裁給肥肥，剩下的布碎，剛好夠瘦瘦做一條褲子。

吃飯的時候，肥肥胃口實在太好，差不多可以吞下一條小牛。只聽見爸爸高聲吆喝：「肥肥不准添飯！」媽媽低聲勸道：「肥肥不要再吃豬排了！」

而瘦瘦呢，用筷子不情不願的挑着飯粒，碗中堆滿了雞髀、豬排，鄰居都把爸爸媽媽當作肥肥的「後父母」、瘦瘦的「親父母」看待了。

肥肥和瘦瘦也有合作的時刻，就是偷糖果！肥肥穩如泰山的站在地上，瘦瘦就猴子般的攀在他肩上，一同偷取媽媽放在櫃頂的糖果，瘦瘦手指瘦長，伸進玻璃瓶中，一抓就是一大把！

牀和書桌中間有條空隙，媽媽不小心丟了東西進去，她吃力地用雞毛掃想把它挑出來，可是辦不到。瘦瘦只把

那籐條般的手臂伸進去，輕輕易易就把東西拾起來。

有一次，颳大風，學校提早放學。媽媽因交通阻塞，來不及接他們，要他們自己回家。風實在太大，瘦瘦一出校門，幾乎像風箏一般被送上天空。她只好攬着肥肥的粗腰，「二人四足」走回家。肥肥説他是海龍王的「定海神針」呢！

所以，肥有肥的好處，瘦也有瘦的好處。

泳池驚魂

　　星期天，火紅的太陽高掛在澄藍的天空中。炎熱的天氣使人渾身冒汗，衣服濕黏黏的搭在身上，很不舒服，小晴決定跟爸爸到荔枝角泳池游泳去。

　　兒童池裏，密密麻麻的擠滿了人，五彩繽紛的救生圈在水面漂浮。

　　小晴去年學會游泳，兒童池人太多，她跟爸爸到成人池去了。

　　成人池這兒也有不少人哩。他們有的躺在雪白的長椅上休息，有的在池邊曬太陽，有的做熱身運動……

　　小晴迫不及待地鑽進清涼的池水中，像小魚兒般竄來竄去。

　　正玩得高興，池中忽然傳來驚呼聲。小晴鑽出水面探看，只見一個十四、五歲的少年一邊揚手呼救，一邊大口大口的吞着池水，一瞬間，他下沉了。

　　坐在瞭望台上的救生員立刻響起警鐘，池邊的兩名救生員箭也似的撲進水中，泳客紛紛上岸，以免阻礙救生員

進行搶救。

小晴也立即上岸，驚惶地坐在爸爸身旁。

池邊的泳客議論紛紛，有的説那人肯定是手腳抽搐遇溺，有的説是他身體一時不適才會這樣。

一陣嘩啦嘩啦的水聲，救生員拖着臉色蒼白的少年上岸，並為他施行人工呼吸，泳客都圍攏過來觀看。

又是一陣嘩啦嘩啦的水聲，另一位救生員也上岸了。

「讓開！讓開！不要妨礙拯救工作！」救生員大聲呼喝着。這位救生員竟又拖着一個臉色發紫的年輕人上岸，那少年的嘴唇亦發黑了。

　　圍觀的人都叫起來，為什麼一人遇溺，會救出兩個傷者的？

　　救生員把兩位遇溺者送院後，真相方才揭曉。

　　原來，二人中有一人想捉弄他的同伴，他潛進水中，把對方的雙腳拉住。同伴一時驚惶，亂抓亂踢，竟把游過身旁的另一位少年拖進水中，兩人於是雙雙遇溺。

　　爸爸聽了直搖頭。

　　小晴聽了，覺得這位頑皮的大哥哥應被打上三十大板，他一時貪玩，不但傷及同伴，也連累了無辜的人。唉！游泳嘛，已是最好的娛樂，還出什麼鬼主意！

茶煲勇士

　　黑暗中，一陣淒厲的警號呼嘯而來，一輛白色的救傷車驀然停在街角。樓上急急奔下兩個高大的人影，護送着一個身形矮小、頭大如斗的怪物，上車飛馳而去。

　　醫院的急症室裏，盡是破了頭的、損了手的、折了骨

的、肚子痛的病人，他們正在輪候着，等待醫生的檢查。親友們都在急得團團轉。

李醫生手勤腳快的為病人檢查：打針的打針，吃藥的吃藥，還有要送到Ｘ光室作詳細檢查的，他都一一對護士吩咐清楚。眼看排隊的長龍沒有了，他鬆了口氣，坐在小桌旁寫紀錄。

忽然，一把悶着的聲音響起了，彷彿像機械人口中發出的聲音：「醫生叔叔，救救我吧！」

這古怪的聲音驚動了李醫生。他一抬頭，猛然發覺，一個倒轉了的「茶煲」，正站在他的面前，一對男女急步上前，扶着這個「小茶煲」。

「天呀！」李醫生嚇了一跳，心想：今天不是愚人節吧？誰闖進急症室開玩笑？

「小茶煲」身旁的女士開腔了：「醫生，請你幫幫我的兒子吧！他的頭套進茶煲裏了。」

「『小茶煲』，為什麼你會鑽進去的？」醫生好奇地問。

茶煲裏咕咕噥噥的一大串聲響，但外邊卻什麼也聽不清楚。

「唉！請你先把他的頭弄出來吧！」焦急的爸爸皺着

眉説。

醫生仔細的把「小茶煲」端詳了一會兒，用鋼匙掏了一匙的潤膚霜，向茶煲口均勻地抹去。然後，十分小心的，用雙手把茶煲輕輕的向上旋。

「別緊張，放鬆一點，很快就會把你弄出來的。」醫生説。

慢慢的，茶煲下露出了尖尖的下巴，小小的嘴巴。醫生把茶煲向右邊輕輕一旋，右邊的耳朵露出來了，醫生再替茶煲口塗一點潤膚霜，慢慢一旋，左邊的耳朵也露出來了。接着，一雙驚惶的大眼睛出現了，還有一把汗水濕透了的亂髮——呀！原來是個四五歲的小男孩！

「你好！『小茶煲』，為什麼會變成這個模樣的呢？」醫生問。

「晚飯後，我和哥哥進行『星球大戰』。哥哥披上牀單扮『蝙蝠俠』，拿起雞毛掃和我對打。我不能抵擋，邊戰邊退，退入廚房，拿起掃帚，把水煲套在頭上，扮『鐵甲勇士』衝出來……」

「結果，你贏了？」

「不……沒有……我輸了。」小男孩紅着臉説。

「嘎！為什麼？」

「因為……因為我看不見東西！」小男孩垂下頭。

「哈哈！」醫生笑了，剛才急得要哭的媽媽也笑了。

「什麼『鐵甲勇士』？我說你是『trouble 勇士』才對！」爸爸沒好氣的說。

從此，小男孩就得了一個「茶煲勇士」的綽號！

水井

告訴你一件奇妙的事情：

一天黃昏，我做功課累了，心裏想：我的成績不差啊，為什麼每天還要做這麼多複雜的句子和艱深的數學練習題呢？

這樣一想，我可沒心情繼續做功課了。

苦着臉向四周張望，我被窗外一團團波浪般滾動的綠樹吸引着，便走出屋外，信步走向樹林中。

走呀走，走到林子裏，竟發現一片空地，而空地中央有一口水井。水井是用青磚砌成的，井口四周長滿了黃色、白色和紫色的小野花 。

我掬了一口井水來喝，又清涼又甘甜。喝過井水，舒暢極了，我倚着水井，甜甜的睡了一覺。

忽然，有人喃喃自語：「我給那自大的青蛙害慘了，大家都說『坐井觀天』，見識淺薄，難道我真的這樣空白，這樣貧乏？」

我驚醒過來，天色已晚，四處無人。難道剛才說話的，

就是身旁這口水井？

　　我俯身一看，井水黑黝黝的，卻浮滿了星星，燦爛的星光在井裏閃爍着。

　　第二天，井邊的樹木開花了，井裏繁花似錦，春光明媚。

　　微風吹過，花樹拂開，井水裏又現出一角藍天，幾片白雲。偶然也有一兩隻小鳥、幾對蝴蝶翩翩飛過。

　　再定睛看看，井裏有一個美麗的小姑娘，還有來喝水的梅花鹿、孔雀、猴子、兔子和松鼠哩！

　　水井豐富極了，一點也不貧乏。

　　為什麼它的天地這麼寬廣？我想：它知道自己空洞，所以能容納四周的事物，也因此，它最豐富。

　　我發現了這個大秘密，高興極了，連忙飛跑回家。完成功課後，我立即帶着朋友去探訪那一口會反思的水井。

　　但是，它已經搬家了，已消失在樹林裏。

　　那真是一口奇妙的水井！

哭泣的椰樹

（榮獲 1991 年香港中文兒童讀物創作獎。）

是「椰青」上市的季節了。

看見那一個一個被削成白色小盅形的鮮嫩椰子，樸實無華的雜在嫣紅翠綠的水果堆中，我不期然的想起那婆娑的椰樹影子，和椰樹下閃爍的淚光。

半年前的我，是家中的「刁蠻公主」。

每天早上，家中都會出現這樣的情景：一個胖嘟嘟的女孩子，端坐在鏡子前，一個矮矮的二十多歲的菲律賓女傭，正在聚精會神的替她編着兩條「牛角辮子」。

「你看！你看！一邊高一邊低，辮子都坐翹翹板了！」胖女孩噘着嘴説。女傭聽了，一言不發，手忙腳亂的把辮子鬆散了，重新編紮起來。

有時候，胖女孩正在玩耍，忽然，驚天動地的喊起來：「芭比娃娃的晚裝那裏去了？」

於是，女傭小跑着，從廚房裏衝出來，一面用圍裙擦着她的濕手，一面在那山也似的玩具堆中翻檢起來。

　　悄悄地告訴你，你可不要告訴別人啊！那胖女孩就是我，那菲籍女傭，就是瑪麗姐。

　　瑪麗還有一個姐姐叫羅麗姐的，就是她把我和小弟帶大的，因為爸爸媽媽都要出外工作。

　　四年前，羅麗姐回菲律賓結婚了，用儲蓄起來的工錢，在碧瑤旅遊區開了家售賣紀念品的小店，還生了兩個孩子。她離開香港的時候，就把妹妹瑪麗介紹來我家幫傭。

　　羅麗姐姐姐的模樣兒，我也很模糊了。只記得她來的時候，和瑪麗姐一樣，矮矮小小的個子，右手提着小提包，左手拿着一把用「椰衣」編成的小掃帚。走的時候，個子胖胖的，吃力地推着三四個大皮箱，箱子大得可以把我和小弟放進去。那時的她，就像搬着巨大餅屑回巢的螞蟻。

　　瑪麗姐來後，家中的工作也應付得來，只是有點笨手笨腳，有時又聽不懂我的話，（媽媽說是我的英文差，但她是「大人」，應該了解小孩子的，是不是？）她的生活習慣也和我們有點不同。

　　做完家務之後，她最愛坐在牀上寫信。那時已是深夜，她弓着身子，用兩個膝蓋，頂着一本雜誌，就在上面簌簌的寫起來，一面寫一面收聽着親友寄來的錄音帶。

　　那聲音和燈火，就影響了同房的我的睡眠。

　　我向媽媽投訴時，媽媽也沒有説什麼，只是晚上買了一副耳筒和一盞壁燈回來，送給瑪麗，囑咐她寫信時用壁燈，把吊燈關上。

　　所以，我覺得媽媽是蠻偏幫瑪麗姐姐的。

　　有一個星期天，我們一家人到太平山頂登高。途經皇后像廣場的時候，老天，真教人難以置信：那裏密密麻麻的都擠滿了黑黝黝的菲律賓人。他們有男的，有女的。有的圍坐説笑，地上擺滿了吃的、喝的；有的扭開了錄音機，就在廣場上狂扭着身子跳起舞來，有的向同鄉兜售衣物，有的替同鄉剪髮、電髮，螻蟻一樣密集的人羣，幾乎把地鐵站口都堵塞了。

　　「看！這裏變成科拉桑廣場了！」爸爸微笑着説。

　　忽然，人圈中，瑪麗姐站起來了，揚着手向媽媽打招呼。媽媽也揮手回答她。

　　「珍妮花！」瑪麗姐也大聲呼叫着我的英文名字。

　　在這麼多人面前，我有點害羞，別過頭，不理她。

　　後來，媽媽責怪我，説我沒有禮貌。

　　我理直氣壯的説：「每逢星期天，她們就聚集在這裏，喧嘩嘈吵，好好的皇后像廣場都被霸佔了，她們走後，不知會留下多少垃圾呢！我為什麼要理睬她？」

媽媽收斂了笑容，嚴肅的對我説：「她們離鄉別井，到外地過着勞苦的日子，無非都是因為國家貧窮的緣故。辛苦了一個星期，在這裏歡聚一天，和同胞們訴訴衷情，就是她們最大的享受了，你就不能體諒人家嗎？」

媽媽的話，像掠過耳邊的一陣清風，並沒有在我心底留下半點漣漪。

直至這麼一天，在今年的暑假裏……

暑假的時候，爸爸帶着我們，到菲律賓渡假。

菲律賓有千島之國的稱號。我們去的是其中一個風景秀麗的小島──宿霧。

宿霧恬靜幽美，島上滿是高大的椰樹林和低矮的茅屋。

我們在海邊的珊瑚礁酒店住了幾天。那裏澄藍的海水一望無際，金黃的海灘綿延數里，高大的椰樹迎風招展。我們每天在淺水裏捉小魚、拾貝殼；在嫩綠的草坪上打滾，都樂瘋了。

一天傍晚，爸爸要了一部車子，説要帶我們見一位人客。我們追問「他」是誰？爸爸微笑不答。

我們更覺奇怪了。

車子在椰林間的泥路上奔馳，揚起陣陣黃土，兩旁的屋子向後飛退。

　　一會兒，車子停在一座兩層高的用竹子搭成的房子前。這座房子有點兒奇怪，右邊一角的竹子，和左邊一角的是不同的。

　　聽到馬達聲響，一個矮矮胖胖的菲律賓女子走出來了。她滿臉笑容，和爸爸媽媽打過招呼後，就把我和小弟攬入懷中。

　　原來是羅麗妲姐姐呢，怪不得對我們這樣親切了。

　　隨着出來的，還有兩位老人家，大概是羅麗妲的父母吧。老人家後面，還有一個約十歲的黑瘦個子，羅麗妲姐姐說他叫畢祖魯，是她們的小弟弟，會採椰子、砍甘蔗、割樹膠，還會燒一家數口的飯菜。

　　真想不到，這個年紀和我差不多的黑瘦個子，竟然有這樣大的本領，真令人刮目相看。

　　他們熱情的招呼我們進屋去。

　　坐在簡陋的竹房子裏，我覺得十分新奇，不斷向四周打量。

　　這裏的傢具都是用竹子或是椰殼製成的。牆上掛着一些草帽、彎刀、雨衣等雜物，還有一個結他，簷下吊着迎風款擺的吊蘭。最令我失望的是：屋子裏並沒有玩具，只有一些形狀奇特的貝殼，砌成很有心思的燈飾和風鈴。

正無聊間，那瘦猴兒般的男孩子轉回來了，手上捧着一堆青色的椰子。他用小刀熟練的把它們剖開，把飲筒和小匙放進去，遞給我們。

我啜了一口椰汁，十分清甜。爸爸還教我和小弟，用小匙把嫩滑的椰肉刮下來吃掉。

「好新鮮！」爸爸説。

「剛摘下來的呢！」畢祖魯怯生生的回答。

媽媽稱讚他們的房子用不同顏色的竹子蓋成，很是別致。

羅麗妲苦笑了一聲，説那是去年颱風來臨時，把屋子吹塌了一角，後來用新竹子編補上去，所以顏色不同罷了。

「大人」們用英語交談起來，我不大聽得懂，只是常常聽到他們提起一個人的名字，而且都是皺着眉頭説的。我也不敢問，只是替弟弟把椰肉刮下來，餵他吃。

忽然，一直沉默着的畢祖魯開腔了，他用生硬的英語説：「他很疼愛我的，常常帶我去捕魚和潛水呢！」他的聲音有點哽咽，我好奇的望着他，正想問問他説的是誰，他卻猛然站起來，衝出大門去了。

很久了，還不見他回來。這黑個子怎麼了？我有點奇怪，就悄悄的溜出屋外。

　　唧唧的蟲兒聲中，明亮的月光下，畢祖魯正伏在一株高大的椰樹下，瘦削的肩膀抽搐着，彷彿在嗚咽 。

　　「怎麼了？你，為什麼哭？」我用僅可想得到的英語問道。

　　「不！我沒有哭！是風吹過椰樹的聲音罷了！」畢祖魯抬起頭，倔強地説。

　　果然，風吹過椰林，灑下一兩點水珠。

　　但是，透過椰樹灑下的月光，他眼中淚光閃爍。

　　回酒店的時候，我把這件事告訴爸爸。

　　爸爸沉默了一會，慢慢地説，剛才他們經常提起的那個人，就是老人家的大兒子，畢祖魯的哥哥。他到中東油田工作去了。自從伊拉克戰爭之後，一直都沒有消息，他們擔心極了。但是，菲律賓的習俗是：提起沒音訊的親人時是不許哭的；所以，他們只好不停的説着他在家時的種種瑣事，當作他還在跟前一樣，來沖淡心中的傷感。

　　哦！傷心時也不許哭，畢祖魯實在太可憐了！

　　「羅麗妲姐姐也快回香港工作了呢！」爸爸説。

　　「她不是已經結了婚嗎？」我大吃一驚。

　　爸爸沒有回答我，只是繼續説下去：「你還記得去年碧瑤的大地震嗎？」

我當然記得，那時，在電視上看到凱悅酒店像積木般倒下來，我幾乎不敢相信自己的眼睛。

「地震過後，通往碧瑤的公路都毀壞了。很多設施還未重建，遊人都不到那裏去了。羅麗妲的店子也結束了。為了生計，她只好再來香港工作了！」

「那麼，她的兩個小兒女呢？誰照顧他們呀！」

爸爸沒有回答。

我彷彿又看到羅麗妲姐姐拿着小提包，背着小掃帚，吻別兩個小兒女。他們都牽扯着她的衣角，哭着央求媽媽不要走。那當然和我哭着央求媽媽買玩具的心情不一樣了。

我依偎着媽媽，拖着爸爸溫暖的大手，覺得自己幸福極了。

回到香港後，椰林中的一晚常在我腦海浮現。每逢遇挫折時，我就會想起那椰樹，想起椰樹下閃爍的淚光，我就對自己說：「這一點挫折又算什麼？」椰林中的一幕，倒成為我面對困難，邁步向前的推動力了。

至於瑪麗姐姐，還在晚上不停的寫信、聽錄音帶。寫呀寫的，她的歲月就這樣的過去了。我現在一點也不怪她了，真的！有時她焗蛋糕、做啫喱糖，我還到廚房幫她忙呢！

最美麗的十四天

（榮獲 2010 年度香港中文文學創作獎
（兒童文學組）。）

十二歲男孩子做的大事

「一個十二歲的男孩子，一定要做點大事。」我一邊想，一邊氣吁吁的跑上樓梯，手中緊揑着那計劃書。

一口氣跑到校長室，我不由得緊張起來。撫着脹痛的手臂，想起昨天媽媽帶我到醫生處打了那全套的防疫針，心想，假如校長不批准我的申請，那麼我豈不是白白辛苦一場？

硬着頭皮，我輕輕敲了敲門，還是走進了校長室。

校長從文件堆中抬起頭來，那澄藍的眼睛望着我。

「校長，我要請兩星期的假，做我叔叔的助手，到秘魯去替貧窮的人家洗牙。」我鼓着勇氣把心中的話倒出來，一邊遞上計劃書。

叔叔是一位無國界的牙醫組織義工，也曾經到我就讀的國際學校辦過牙齒護理講座，所以夏里遜校長認識他。

「你知道下周是學校的期中考試日嗎？」校長眼中充滿了威嚴，但嘴角卻泛起笑意。

「糟糕了！觸礁了！」我心裏想。

但瞬間校長展開那充滿智慧的笑容，説：「去吧！小伙子，去吧！到世界上去闖吧！有些學問是書本上找不到的呢。不過，你可要在沿途拍些照片，回來時把所見所聞和同學分享啊！」

這事還好辦，我當然答應了。

走向貧民窟

五月一日，隨着叔叔和六個不同國籍的醫生組成的醫療隊，我乘飛機來到秘魯的首都——利馬。

利馬在太平洋沿岸，氣候溫和潮濕。由於強制執行汽車的廢氣排放，所以街上滿是電動機車。沿途我們經過很多高樓大廈，豪華的餐廳，高雅格調的咖啡座；但我們沒有停留，而是走向近郊的貧民窟。

利馬的貧民區佔了整個市的三分之一，多建築在郊區的山坡上，一間一間的小屋子，緊密的擠在一起；有些是木做成的，有些是泥巴夾混着碎磚做成的，歪歪斜斜的互

相依靠着。

晚上，我們睡在一位警察叔叔的家中，他的家在這裏算是最整齊的了。他還弄了炭燒雞來招呼我們。大概他們也很少機會吃雞肉的吧，幾個小孩圍着桌上的美食高興得團團轉。

第二天，我們開始工作了。警察叔叔的小廳子作了臨時診所，外邊排隊的人一大堆。叔叔拿出了儀器，叫洗牙的人半躺在椅子上，就在他們的口腔中開山劈石起來。而我呢，就拿着照燈協助他，有時也拿着小小的膠喉，把碎了的牙石牙垢沖走。

幾天之內，我們替幾十人把口腔清潔了。他們離開的時候，黝黑的皮膚，襯着雪白的牙齒，在陽光下閃耀生輝。他們笑了，我也開心的笑了。

最可靠的舀水手

五天之後，我們離開利馬，向山區庫斯科（CUZCO）進發。

下機後，我們乘着沒有車門也沒有窗玻璃的破舊巴士走了一段路，到了河邊，便乘坐尖尖長長的小船沿河而上。

河水不深，卻很黃很混濁，不時有蘆葦草和矮樹在河心搖曳。最可怕的是那小船有裂縫，眼看河水慢慢的從船底滲入，我雖然穿上救生衣，也有點忐忑不安。

叔叔給我遞來一個小破盆，吩咐我把滲入船艙的河水舀出去。我不停手的舀着，生怕船艙滲水太多而沉沒。

挪威籍的叔叔見我滿頭大汗，不停手的舀着，豎起拇指讚歎：「這小伙子，真賣力！」

叔叔哈哈大笑，説：「我這侄兒，是最可靠的舀水手，因為全船七個人中，只有他不懂游泳！」

「哈哈！哈哈！」叔叔姨姨們都大笑起來。

我狠狠的瞪了叔叔一眼，雙手卻絲毫不敢怠慢。

小船在蘆葦中穿插而行，擊起細碎的浪花。忽然，一個黑影倏忽躍進船中，叔叔眼明手快，一把抓在手中。

嘩！你猜是什麼？原來是一尾盈呎長的河鯉！

山居生活

山區裏，密密麻麻擠着又矮又小的茅屋，是用蘆葦、禾草、竹子和泥巴搭成的。廚房裏，用大石頭砌成的灶裏燒着砍下來的木柴。叔叔們替村民脱牙時，儀器都沒處可

放，因為他們沒有像樣的桌子。那盛載用具的淺盆子便只好放在病人的胸口上。每服務完一個人之後，他們都高興的向我們大聲嚷嚷，我聽不懂西班牙文，大概是「謝謝」的意思。

我們要把一批籌款買來的輪椅捐贈給村民。我隨着叔叔走進一間破舊的小房子，見到一位獨居的青年。他臉色異常蒼白，躺在牀上，也不知患了什麼病，他兩條腿像乾癟的絲瓜一樣吊在身下

叔叔們把他抬上輪椅，推他出屋外。他瞇着眼看着耀眼的太陽，山風吹動他的一頭亂髮。他忽然發狂似的大叫起來，身體不停的在輪椅上躍動。旁人連忙把他按住。他說他太開心了，因為二十五年來他都沒有離開過屋子半步，現在可以推着輪椅到處走了。他一邊叫一邊簌簌地流下淚來。我眼角也滲出了淚珠，心想：如果我是他，該多難受呢！

晚上，我和叔叔就睡在他們的乾草房中。

我和衣躺在高高的乾草堆上，透過沒玻璃的土窗望着墨藍的天空上明滅的星星，不禁想起了媽媽和家中軟綿綿的牀，心想：今晚怎能睡得着呢？我一轉身，乾草悉悉嗦嗦的作響。

叔叔説：「信信，花、草、葉子都有一股清香，你嗅嗅看，這金黃色的乾禾草可香着呢！」

我用力的嗅了嗅，果然有一股溫和的香氣在乾草堆中散發出來。

叔叔又說：「乾草香可以催眠，薰衣草就是個好例子。」

我又嗅了嗅，感覺上舒服了一點。

「……」後來，叔叔又不知說了些什麼，但我已經睡着了。

山區最缺的是水，我們喝的是帶來的瓶裝水，每天早上倒一小點來漱口和擦擦臉。至於洗澡呢，太奢侈了，免問了。過了幾天，身上黏糊糊的，有點氣味了。叔叔姨姨們都是如此。我們只好把帶來的衣服勤一點替換，把髒的衣服用塑料袋密密的包起，留待下一站「大清理」。

我深信，我們的身體雖然骯髒，但我們的心靈是美麗的，因為我們幫助了不少人。

柳樹下的樂園

一星期之後，我們來到最後一站──普諾（PUNO）。車子停在一棵很大很大的柳樹下。

柳樹下，幾十個小朋友在嬉戲、唱歌、談笑；旁邊的草地上，大一點的孩子在踢球。看到我們到來，他們都笑嘻嘻的圍上來。仔細一看，原來他們有的是盲的，有的是

聾啞的，有的是智障的，也有的是跛的。叔叔告訴我，這是秘魯惟一的免費為殘障兒童服務的學校。

叔叔很快和他們混熟了，他教他們認英文字——HELLO等於 OLA，EXCUSE 等於 BAMSO 等，然後把英文字卡用大石塊壓在地上。叔叔每説出一個西班牙字，他們記得的就把英文字卡拿起來去領獎品。那些小朋友都嘻嘻哈哈的玩着，他們臉上陽光燦爛，一點也不因身體的缺陷而哀傷。

熱身過後，就開始工作。有一個七八歲大的小孩子，有一對美麗無比的大眼睛，可惜卻是盲的。他右邊臉有點浮腫，原來已經牙痛了幾個月。當叔叔替他拔牙之後，他躍起抱着我，高聲説着西班牙話。

旁邊的老師對我説：「他説你們是雲上的天使，替他解除了痛楚！」

雲上天使

黃昏，我搖着痠痛的手臂，跟叔叔走出校門。抬頭一望，眼前的景色令我十分驚異——落日的金輝竟把那破落的山區映照得那麼輝煌。那低矮的小土房，把絢麗的天空襯託得那麼高遠，那麼廣大！彩霞都鑲着光亮的金邊：那

閃爍着金光的魚鱗似的薄雲片，似翻飛雲上的天使。那天使可不是我，而是叔叔和那些小朋友們——叔叔教會我如何忘我地快樂地助人；小朋友們教會我如何笑着面對逆境，如何體味簡單的快樂，如何去感恩。

美麗的十四天

歸途，飛機轟然飛上藍天。我望着窗外的藍天白雲，已開始想着怎樣把這次經歷和同學們分享。這美麗的十四天，我住過最簡陋的草房；吃過最粗糙的食物——大粟米和蘆葦心；過着最骯髒的日子——七天沒有洗澡。但心中卻有一道清泉流過，把我的眼睛和心靈洗滌乾淨，使我看到別人的苦難，自己的幸福；也學會珍惜、感恩和助人！

美麗的一九九三

　　我茫茫然的坐在牙醫叔叔的手術椅上，心兒撲撲的跳動着。

　　手術椅旁，附着各種儀器，閃着冷冷的光，活像一張用來行刑的電椅，我就是等着行刑的犯人。

　　「恍里瑯噹」的一陣亂響，醫生和護士正準備着應用的儀器。每一下響聲，都撞擊着我的神經線，拉緊我的心弦。

　　說起來，我的牙齒，一直是媽媽心頭上的一宗重要事項。因為，從小時候起，我的門牙就不肯聽話，老是想往外跑。

　　八歲那年，媽媽帶我去看牙醫。牙醫叔叔說我的牙齒咬合位置不好，就是俗語稱「哨牙」那種，會影響消化的，外表也不美觀。所以，他建議：到我十一歲那年，牙齒換全了，就去做「箍牙」手術。

　　因此，我剛度過十一歲生日，媽媽就帶着我四處奔波，走訪名醫去了。

還記得那一天，牙醫叔叔拿了一副牙齒模型，向我們解釋怎樣進行這項牙齒矯正手術。

媽媽瞪着眼，緊張的聽着，生怕有什麼遺漏。

「嗱！她上下兩排牙齒，是往外生長的，所以，要在這四個位置，各拔掉一顆牙齒……」醫生說。

「啊！四顆牙齒？」我和媽媽差不多同時慘叫起來。

「對！不把它們拔掉，就沒有位置讓前面的牙齒往回生長，那『箍牙』有什麼用？」

「那麼，會影響整副牙齒的結構嗎？」媽媽憂心忡忡的問道。

「不會！不會使其他牙齒鬆散的，你放心！」醫生安慰我們。

於是，媽媽就放下日常寫稿子的工作，把幾個牙醫的意見綜合起來，寫在紙上，和爸爸一起分析、比較。又替我在校曆上找出放長假的日子，就像部署一項重要的戰事。

擾擾攘攘了一個月，為了我的健康和美觀，媽媽半哄半勸的，叫我接受這項手術。

第一個步驟，就是最慘烈的戰事——拔牙啦！

這就是今天我心驚膽顫，軟着腿子，坐在這椅上的原因了。

　　「噹啷」，醫生把鉗子放在小鋼盆上，戴上薄薄的手套，向我走來了。如果他手上拿着刀，我就會把他想像成劊子手了。

　　「醫……醫生叔叔，脱牙痛嗎？」我擔心極了。

「不痛！我會先替你注射麻醉藥的！」醫生笑着說。

他手上四吋長的銀針，在日光燈下明晃晃的閃着 。

想到這個東西，就要刺穿我的面頰，刺準我的牙牀時，我心中一寒，幾乎停止了呼吸。

這時，站在一旁的媽媽忽然開口了：「玲玲，明天老師要你們背《木蘭辭》，你準備好了沒有？」

天啊！正在生死關頭，這個媽媽卻只關心我的功課！媽媽，難道學業比你的女兒更重要嗎？

我心中一惱，覺得臉上一麻，正想看看是什麼一回事，媽媽又嘮嘮叨叨的開腔了：說什麼再過兩天又放假了，放完假就是測驗，你上次數學科成績最差，得多準備一下；又說什麼別忘了星期天跟表哥表姐到單車徑去，這是鍛煉身體的好機會，不能放棄。還說什麼鄰家的小雯，邀請你參加她的生日會，快想想買什麼生日禮物之類……

我望着站在一旁的媽媽。平日，她除了操持家務之外，就是伏在桌上默默的寫稿。我不明白她為什麼忽然間這樣多話，而且在我這樣「危難」的時刻。

媽媽還是不停的嘮叨着。

她的嘴巴一開一合，恍如浮在水面的魚兒。她明明看到我的嘴巴是給醫生撐開了的，怎能回答她呢？醫生也在

111

工作，沒有理睬她，她只是在自説自話而已。怪不得人們說女人是「長舌」的，我將來長大了，一定不要像她。

「噹」的一聲，醫生把小鉗拋進鋼盆上，吁了一口氣，說：「好了，四顆牙齒脱掉了，把嘴裏的棉花咬緊點！」

説也奇怪，媽媽的嘴巴，像舞台上落下的布幕一樣，立刻閉上了。

我看着鋼盆上血淋淋的牙齒，想到它們為了小主人的健康和美觀，提早和其他兄弟姊妹們告別了，心中實在有點內疚。

醫生一邊脱下薄薄的手套，一邊笑着問媽媽：「你是修讀過兒童心理學的嗎？」

媽媽笑了，嘴巴彎得像月牙兒一樣，説：「不，只不過我的女兒平日嬌縱慣了，吃不得苦。剛才進門時，她的雙腿發抖，手也冰涼了。為了怕她太緊張，影響手術的進行，所以我逗逗她，想分散她的注意力罷了！」

啊！原來是這樣的。天下間的父母，為了他們的兒女，竟然可以在一瞬間聰慧起來的。

醫生哈哈大笑起來。

我想起剛才心中對媽媽的責怪，十分慚愧，連忙緊緊的握着媽媽的手。

到了街上，媽媽立即遵醫生的吩咐，買了一杯軟雪糕給我吃。吃在口中，甜甜的。

回到家裏，爸爸見我沒事人兒一般，十分驚訝。（大概他預料我是哭着回來的吧！）

他欣慰的笑了，問道：「怎麼了，我的美麗的一九九三？」

媽媽聽了，嘴巴彎得像月牙兒一般，也笑。

「一九九三？爸爸，你説什麼？」我恍如丈八金剛，摸不着頭腦。

「你不知道嗎？這次牙齒矯正手術，費用要一萬多塊呢！媽媽把一九九三年獲得的文學獎獎金都用上了。所以，我就把你的牙齒叫做一九九三了。」

我恍然大悟。

我知道，一年之後，我會有一副美麗整齊的牙齒。（醫生叔叔説的）

我也知道，在我的一生中，每逢我看到這美麗的牙齒，就會想起美麗的媽媽，和她的美麗的一九九三年。

校園故事篇

一粒種子

（榮獲 1987 年香港中文兒童讀物創作獎。）

我和「時鐘」、「書生」、「肥豬」四人，跟着老師，靜悄悄地穿過醫院的長廊，走到病房中，探望我們的同學——穗生。那黑黑的高瘦個子，像一包玉米似的被白被單裹在牀上，一見到我們，卻像彈簧似的跳起。

「好點嗎？」丁老師托了托眼鏡，端詳着他的臉色。

「好了！好了！明天就可以回校上課了！」穗生休息了兩天，精神得像隻剛睡醒的獅子。

我們把一籃番茄放在桌上，那紅艷艷的果實，現出翠綠的「五丙」字樣，加上綠色的萼片，活像一隻胖嘟嘟的小鸚鵡。

看到那籃番茄，穗生把頭搖得像架小風扇。

我們卻堅決的點着頭像架打樁機。

這情形真滑稽得像上演卡通片似的。

究竟是怎麼一回事啊？

得從那一天說起——

那一天，是可愛的科學課。美勞室的黑絨窗簾都給拉上了，這就成了一間小小的電影院啦。全班同學都聚精會神看着銀幕，我也不例外，連眼也不眨一下。

丁老師上課的花樣真多，上星期才帶我們到附近的公園去看花兒。紅的、黃的、藍的、紫的、粉的、白的花兒在同學們的腦海中還沒褪色，現在又放電影給我們看了。

銀幕上，一片青葱的樹林，在燦爛的陽光下綠得發亮。透過樹縫間射下來的光柱，我們看到樹幹上爬着精神抖擻的牽牛花，樹下長着柔嫩的小青草，露珠在野花上滾來滾去。我似乎嗅到林中飄來的陣陣清香。唔，這優美的環境，怪不得鹿兒、小兔、松鼠都心滿意足的在林中散步啦！

　　回家途中，老師的話還在我耳邊響着：「這麼清新優美的環境你們喜愛嗎？現在，由於人類文明發展的影響，許多大自然的生態受到破壞，這就是我們要付出的代價了。不過，我們也可以盡一點責任，把大自然一兩點信息帶回家中，把四周環境綠化一下的。」我望着兩旁灰色巨人似的高樓大廈，和夾在當中的家，不禁歎了一口氣。

　　丁老師真是一個言出必行的人，第二天，她就帶我們去種植了。

　　為了讓我們實踐一下學過的關於植物的知識，校長撥了校園一角的土地，讓我們五年級種點東西。雖然這裏地方不大，每班只分得約二平方米的一塊地，又緊貼着操場，但我們也十分滿足了。

　　動工了。忽然，「嬌嬌女」美芳尖叫了一聲，你猜她在泥土中發現了些什麼？原來是一條蚯蚓。

　　大家鬆土的鬆土，澆水的澆水，除草的除草，忙得走馬燈似的團團轉。穗生是去年從廣州來的同學，他個子大、幹活快，做着最吃力的事——鋤土，汗珠在他額頭上閃爍着。「肥豬」卻挺着肚子，晃着雙手，四周巡視。「時鐘」小晴一面除草、一面看錶，咕噥着：「三十分鐘了，還弄不完，若是上課，整課書也教完了。」也怪不得她，她除

了上課，回家還要學鋼琴、小提琴和畫畫。每分鐘都是填得滿滿的，忙碌得像隻小蜜蜂，所以她經常看錶。但佻皮的陽光可不忙，在她厚厚的眼鏡片上跳舞。

土鬆好了，丁老師就在我們的注視下，掏出一把種子，均勻地撒進泥土中去。

這些黑得發亮的小東西，是個神奇的魔術師，過了兩天就從泥土中鑽出來了，張開兩片嫩綠的葉子，喜悅地告訴我們：「我來了！」

它，每天都以不同的面目跟我們見面，每天都有新鮮的變化。

「時鐘」停留在這裏的時間越來越多了，鏡片下的大眼睛好奇地探索泥土中的變化。

「肥豬」也不再懶了，他説要減點兒肥，所以上「早會」之前，總見他在澆水。

班中的談話資料也多了，大家總説，「我們的番茄怎樣怎樣了」，「他們的豌豆如何如何」。

番茄秧兒長到小凳高的時候，災難來了。有一個黃昏，天黑地暗，嘩啦嘩啦的下起大雨來。雨水在路燈下閃亮，像一幅銀白色的瀑布，兩個多小時還不停，暴雷一下一下撞擊着我的心。

「糟透了，苗兒一定淹死了！」

我住得近，便央求媽媽讓我回校看看。但媽媽説：「這麼晚了，還在雨中跑來跑去？學校也未必開門讓你進去的！」

我老是惦記着那小小的苗兒。整個晚上，雷聲、雨聲伴着在牀上翻來覆去的我，一直到天明。

天亮了，我起個清早，就往學校跑去。

老遠就見到「時鐘」、「書生」、「肥豬」他們在花圃那邊指手劃腳。「糟了！苗兒遭殃了！」

我急步走過去。奇怪，苗兒不但沒有被雨水沖倒，反而神氣地伸直腰，張開「雙手」，擁抱着金色的朝陽和雨後清爽的世界。花圃兩邊，卻開了約十厘米寬的小溝，雨水就在這裏潺潺地流出去，流過四班的土地，流入學校的大溝渠。「誰幹的？」我們都驚奇得説不出話來。

正在猜度的時候，穗生來了，一邊打着噴嚏，一邊蹲下看秧苗的情形，開心地向我們扮個鬼臉。這時候，上課鐘響了，誰開水渠的事就變了懸案！

過了個多月，我們的番茄長大了，結果子了。四甲班的豌豆也長起來，花開得挺熱鬧，像葉尖上飛滿了白的、粉的、黃的小蝴蝶。四乙班種的白菜肥大得很，像一個個

穿着綠衣的小娃娃站在地裏。四丁班的花生也長出蛋黃色的小花兒，泥土下很快就會有初生的花生了。但看來看去，還是我們五丙班的番茄長得最好，纍纍的果實多吸引人啊！

丁老師又教我們用手工紙剪幾個「五丙」的字樣，貼在番茄的果實上，説要給我們變個小把戲。

番茄的果子掛在枝頭上，好像一個害羞的小姑娘，望着太陽，看着看着就紅了臉。

這時候，一件意外發生了。

上體育課的時候，我們正興高采烈地玩着「隊長球」，籃球在我們的手中拋來拋去。忽然，「肥豬」的勁力太大了，「書生」接不牢，球兒就斜斜的向番茄田飛去。

「完了！」我雙手掩住眼睛，那麼大的球兒，不把那成熟的果實打個稀爛才怪。

説時遲、那時快，站在附近的穗生，飛身一撲，把球兒硬生生地接住。但因球勢太猛了，一個踉蹌，他竟跌倒在花圃邊。

我們走過去，果實完好無缺，但穗生頭上卻湧出豆大的汗珠，面色也轉青了，原來他扭傷了足踝。我們趕緊把他扶起。

　　第二天，收穫的日子來了。上科學課時，我們到園中摘果子。當重甸甸的果實壓在手心的時候，大家都感到收穫的喜悅。老師教我們撕開貼在果實上的字，竟然現出了翠綠的「五丙」兩個字，我們都忍不住鼓起掌來。

　　但，最可惜的是，穗生進了醫院，不能分享我們的喜悅。

　　忽然，「書生」説：「為什麼我們不把一些番茄帶到醫院給他，讓他也嘗嘗美味的果實呢！」

　　「對呀！」「嬌嬌女」説：「他是最值得吃果子的人了。告訴你們一個秘密，那次雨中挖水渠的事，也是他做的。是替他開門的校工告訴我的！」

　　「啊！原來是他！」

　　「一定要讓他嘗嘗自己的成果！」

　　「要不是他救了那個球兒，番茄早就被打爛了。」

　　就這樣，這籃番茄就被我們帶來醫院了。

　　後來，後來呢？多奇怪！那籃活像一顆顆紅心的番茄，第二天又被整整齊齊的擺在教桌上。

　　「穗生來上課了！」我們都嚷着。

　　原來，他捨不得吃，帶回來跟大家分享。

　　上課時，丁老師掏出一把種子，分派給我們，叫我們

拿回家中培養。

　　望着桌上的種子我彷彿看見一株株青綠可愛的小植物，爬上我家的窗台，也爬上「書生」、「時鐘」、「肥豬」和很多小朋友家的窗台，在那裏欣欣然的迎進金色的陽光。我們把種子撒進泥土去，老師卻把種子撒進我們的心田。那小小的種子在我們心中發芽生長，它使我們張開了眼，看見生命成長的美麗和喜悦；也把愛心和對自然界的關切，迎進我們的心房。

最誠心的禱告

（榮獲 1988 年香港中文兒童讀物創作獎。）

冷清清的家

冰冰冷冷的鑰匙，「叮哩郎噹」的聲音。志良把它插進匙孔裏，「卡嚓」一聲，門打開了。一陣涼氣從屋子裏透出，就像冰棒剛撕開包裝紙一樣。像許許多多其他的日子，廳子裏冷清清的、靜悄悄的。

志良推開爸爸的房門，又四處看了一會，並沒有意外的喜悅，爸爸仍未回來。只有餐桌上擱着一張便條，上面寫着：

良良：

爸爸今晚要加班，飯及餸菜在電飯煲中熱着，你自己吃吧！千萬要用心做功課。

爸爸

唉！自從去年婆婆病了之後，媽媽就帶着年幼的妹妹

到美國照料她，和打理那邊的生意。因此，志良經常都是獨個兒吃飯，獨個兒做功課的。他知道：媽媽半年之後就會回來。奇怪的是：為什麼媽媽走了之後，日子的腳步就走得這樣的慢呢？

不平的事

吃飯時，廳子裏有了一點熱氣，人的腦子也活躍起來，志良不禁回想起學校發生的事：

作文課時，因為昨天看電視睡晚了，所以志良老是在打瞌睡。直至下課鈴響了，作文還未完成。當然，張老師就責備他啦。這本來就該罵的呀！不過，令他憤憤不平的是：鄰座的王仲文也是未完成，而老師只是輕撫他的頭，説：「不要急，慢慢來吧！」

還有，前天，志良忘了做功課，老師就罵他懶惰，怪不得成績那麼差。但是，王仲文欠交功課，老師皺皺眉頭，只是叫他回家補做算了。

老師，你不是太偏心了嗎？

同學們也偏幫着仲文。上樓梯時替他拿書包啦；替他拾起掉在地上的文具啦；他請病假後，把功課在電話上告

訴他啦。就算在上體育課的時候，仲文多是坐在一旁，其他的同學也時常走過來，陪他説一兩句話的。

哼！其實仲文有什麼了不起？頭大身小，手腳瘦得像條八爪魚，臉色蒼白，走起路來老是左搖右晃，像快要跌倒的樣子。經常告假，有時又欠交功課。為什麼同學要護着他？

這許多問題，老是在志良心中轉。他總是覺得老師偏心，同學們也偏心。所以，自從他升級時派到四甲班裏，至今已有一個多月了，他還未適應過來。

吃過飯後，志良又扭開電視機了。

喂！學校的功課呢？

「管他呢！看完電視節目再做吧，反正爸媽都不在家，誰來管我？」

帽子下的光頭

好一個美麗的早晨，金黃色的朝陽灑了滿地，校園中的花兒、葉兒都沐浴在新鮮的陽光中，仲文的病假完了，又回到學校裏，頭上還挺神氣的戴上頂小帽子，但帽子下的臉卻白得像紙，精神也十分疲倦。

　　「看你神氣些什麼？一會兒老師來了你就知道後果了。」志良想。

　　老師來了。老師一定要他把帽子脫下來了。戴帽子上課，成何體統？志良不禁想起去年冬天，他戴着手套上課，被老師指責的情形。

　　但是，老師只望了仲文一眼，沒作聲。

　　志良可火了，為什麼仲文就有那麼多特權？老師走後，他一把抓住仲文的帽子，一邊説：「也借給我戴戴！」

　　然而，帽子下面的頭卻是光禿禿的，像個小和尚，仲文那吋來長的短髮那裏去了？志良呆住了。

四周的同學，都難過地低下頭。

樹下的談話

小息時，志良孤獨地坐在花圃上，食不知味的咬着麵包，心中充滿了千百個「為什麼」？

忽然，大樹後面傳來一把熟悉的聲音。志良回頭望去，卻見張老師和仲文背着他，並排兒的坐在樹下的椅子上。

「仲文，好點嗎？」

「好得多了，進院前，我頭痛得很，大一點的聲音進入腦中，也像轟雷一樣。現在沒有那麼辛苦了。媽媽告訴我，醫生還未能替我開刀，先像以往一樣電療，看看有沒有進展。」

「那麼，你要多點兒休息了！」

「老師，那些功課我已經開始補做了。但做得久了，頭又痛起來，連那些字，也像和我作對似的，跳來跳去，總是不肯跳進方格裏。」

「請病假時的功課，就不要補做了，身體好一點才用功吧！」

王仲文究竟出了什麼事啊？

真相

放學的時候，志良再也忍不住了，一把抓住「小吱喳」美琪問個究竟。

「你不知道嗎？仲文頭上生了個瘤，剛剃光了頭髮電療完回來呢！虧你還這樣欺負他！」「小吱喳」也一本正經的責備他了。

「噢，原來是這樣的，我真該死！」志良真想打自己兩個巴掌。

老師的話

志良背着書包，垂着頭，慚愧地走出校門。

張老師正站在門口。

「志良！」張老師喚了他一聲。

「老……老師，我……我……我……」一抬頭，兩大滴淚從志良的面頰上滾下來。

「別説了，我都知道了！」

「其實，這個世界上，許多東西都是美好的、光明的。但是，其中一些卻是有缺陷的呢！每個人走的路都像一條小溪流，有的溪流暢通無阻，溪水就快樂的向前奔馳。但

有的溪流中有石塊，剛強的就把石塊掀開，再向前奔流；柔弱的就在石塊旁打轉，尋求解決的方法。仲文的父母、醫生們、老師們、同學們都在幫助他，希望他能解決身體的病患。仲文自己也非常努力：病重了，就進醫院；出院了，就上學去。他也想盡力的完成自己的功課。為什麼你有這樣強健的體魄、充沛的精神，反而常常欠交功課呢？」

志良的頭垂得更低了，一句話也説不出來。

晚間的努力

吃過晚飯，收拾好碗筷，志良就把功課攤放在桌上了。

仲文的身體這樣差，還堅持上學去，而我卻因爸媽一時照顧不到，就疏忽學業，這豈不慚愧？為什麼我不可以好好的監管自己呢？

於是，志良開始專心一志的做功課。説也奇怪，心一定下來，樣樣都通曉明白。英文做好了，中文作業和數學都做好了，還剩下不少時間準備明天的中文默書呢！

晚飯後，志良和爸爸並排兒坐在沙發上看電視。知道志良已經做好了功課，爸爸不住的微笑點頭。

原來並不難

老師派發中文默書簿了。志良看到久違了的九十分，笑得幾乎合不攏嘴。原來只要溫習好，取好成績並不難。

第二次的中文默書，成績更加美滿了，竟然得了一百分。

志良正在開心的時候，忽然聽得張老師叫着：「李志良，把手冊拿出來！」志良嚇了一跳，心中想：我的功課都交齊了，為什麼還要寫手冊通知家長呢？他只得硬着頭皮走出來。

張老師微微一笑，在手冊上寫着：「貴子弟近日成績大有進步，請獎勵之」。

志良彷彿看到爸爸簽手冊的時候，臉上的笑容，比陽光更燦爛。

仲文要做手術了

今天，仲文又沒有上學了，大家都不免有點兒掛心。

張老師用平靜的口氣對全班同學説：「仲文進了醫院，明天就做手術了。因為醫生檢驗過，他的身體還不太差，適宜做手術。過幾個星期之後，他就會像你們一樣，健康

活潑、跳跳蹦蹦的回學校。我下午就去探望他，你們有什麼託我說的呢？」

「老師，我們想合力做一張心意卡送給他，好嗎？」

「好啊！好啊！」班長的提議獲得一致的贊成。

小息時，大家齊齊動起手來，畫圖的畫圖，填色的填色，卡上還整齊的簽上四十個名字。

志良解下書包旁的一個小人像——是媽媽從美國寄來的，説可以給人帶來好運。他雙手遞給老師：「請替我送給仲文吧！」

最誠心的禱告

晚上，做完功課之後，志良關上房門，跪在自己的小牀上，凝神的望着夜空。

天上，沒有月亮，也沒有星星，只是黑漆漆的一片。志良石像一般，眼也不眨一下，只盼望光輝燦爛的流星劃破夜空。在流星飛過的時候許願是最靈驗的了。他只要許一個願：「不是希望考第一名，也不是希望一份大禮物，只是希望仲文的病快快好起來。」

流星沒有出現！

不要緊，志良想，今晚全部同學都約定了為仲文祈禱，那麼多的聲音，一定響得不得了，上帝那能聽不到！

仲文，你很快就會和我們一起玩耍了！

白日見鬼

說起來，我們學校四周的環境，真是有點不大美妙，因為左鄰就是一大片墳場；從課室望出去，都是橫七豎八的十字架和墓碑，或是翻着白眼的保護神，和折了翅膀的天使。所以同學們常愛說些鬼故事，互相嚇唬對方。

現在，正是三四月的黃梅時分，天老是陰沉沉的，加上復活節、清明節都是紀念逝去的親人的節日，在墓中躺着的人，會不會在這個時候，出來看看親友，回味一下人間的情誼呢？每天一到五時三十分——放學的時候，在灰暗的天色中，我們都加快腳步，盡快離開這地方回家去。

今天，又是個灰暗的日子，中午還灑過一陣細雨，氣溫陰涼陰涼的，下課鈴聲一響，每一班的同學都排成兩行，跟着老師到操場放學去。

我們四A班晚了下課，所以是最遲下來的一班。走到操場上，我無意中回頭一望，真不相信自己的眼睛——平日放學時，空無一人的後操場（我們是經前操場放學的），現在竟然有一個身材細小的身影，慢慢兒透過鐵絲網，飄

出校園去了，然後消失在墳場旁的矮樹叢中。

如果你清楚這裏的環境，就一定會明白我為什麼這樣驚訝的了。因為後操場是沒門的，只是每隔一米半豎着半呎闊的石屎柱，柱與柱之間都拉上鐵絲網，他怎能穿過鐵絲網走出去呢？

媽媽説過：清明節這個月份，是「鬼門關」開放的日子，地下長眠的先人，都會跑到人間，享受後人給他們的祭祀。莫非這身影是……想到這裏，我心中發毛，連忙揑緊身旁阿強的手，想把見到的事告訴他，誰知他也是臉色灰白，手掌冰涼。

我們對望了一眼，就決定把這件事情向老師報告。

當值的宋老師和李老師還站在前操場上，我結結巴巴的把看到的事情告訴他們。宋老師立刻板着臉，正想斥責我們疑神疑鬼的時候，李老師卻鐵青着臉，凝重的對宋老師説：「是真的，別罵他們，我也看到了！」

於是，宋老師和李老師，就沿着後操場的鐵絲網慢慢走，小心的察看着，想知道是什麼一回事。我和阿強也壯着膽子，跟着老師走。

但是，每一格的鐵絲網，都沒有缺口。那個身影是怎樣飄出去的呢？難道我們真是白日見鬼？

　　宋老師很不服氣，他平日就最討厭我們説神道鬼，所以，他沿着鐵絲網往回走，一面洩憤似的用力拍着鐵絲網，誰知拍到第八格的時候，鐵絲網忽然彈開了，原來這裏連着石屎柱的地方，竟有三四呎的缺口，只是虛掛在那裏，外表是看不出的。

　　宋老師不由得哈哈一笑：「果然是個鬼！是個淘氣鬼，他貪圖方便，從這缺口跨出去，再把它用力按回，掛在原處了。一會兒叫朱伯來，把這鐵絲網修補修補，不然，明天就會出現更多的淘氣鬼了。」

　　很多很多鬼故事，你猜是不是這樣發生的呢？

科幻故事篇

檔案三〇三

(榮獲香港兒童文藝協會 1988 年「地球是我家」
兒童文學創作獎。)

這並非一段愉快的經歷，

希望它不致成為人類共同的噩夢⋯⋯

回歸

公元 2030 年。

在銀色的月光下，「太空自我放逐總部」的保護罩泛
着冷冷的光；基地上高高豎起的火箭發射台及幾個大型碟
狀天線，散發着藍森森的寒氣。太空船降落場的一片空曠
平坦的地面，映着月光，有如遍地秋霜。

科學大樓的辦公室內卻是燈火通明。數十部熒光屏中，
閃動着各種資料：太空氣候的變化、銀河系各星體的情形、
磁場及宇宙線密度的資料等。監察電腦追蹤着正在遠方航
行的太空船，也量度着太空燈塔——歐諾巴星與太陽及地
球的相對位置，時常傳來斷斷續續的、無生命的電波聲。

十多位工作人員正在記錄着熒幕中資料的變化。

檔案室中，負責人郭雯正在檢查資料。電腦熒光屏中正顯示着一個檔案：

檔　　案	303
姓　　名	衛明
事　　項	申請太空放逐
年　　期	30 年
理　　由	1. 感情受挫 2. 專業考試壓力過大 3. 工作失敗
推 介 人	鍾重關醫生，證明申請人面臨精神崩潰
審　　核	王兆生博士，批准
費　　用	5000 美元
發射日期	2000 年 8 月 15 日
回歸日期	2030 年 8 月 15 日
船　　號	1338

「王博士！王博士！」郭雯甩甩她那及肩的秀髮，呼叫起來，為那冰冷的太空總部帶來一點生氣。

半禿了頭的總部主任王兆生博士，托托眼鏡，從一大堆待批的申請信中抬起頭來。

「王博士，太空船一三三八號今日進入地球軌道！」

「噢！今日竟有五班太空船降落！」王博士提高了他那疲倦的聲音說：「一三三八號應該是最後一班了。」

「唔……請與一三三八號聯絡，接收降落資料。」

「好的！」郭雯眨動明媚的雙目，掃視着熒光屏上的信號，雙手熟練地按動着地面與太空船聯絡台的按鈕。

「嘀……」一陣電波傳送。

「噢，降落時間是今晚十時五十分！」

「很好，請通知基地工作人員做好準備，『回溫室』工作人員回到崗位！」

「是！」

無垠的太空，飛船一三三八號滑過亮藍的星體。軌道運行器後面的艙房，載着五個低溫密封的箱子，緩緩進入地球的軌道中。

在工作人員注視下，飛船一三三八號利用空氣升力，作S形轉彎進行減速，最後像滑翔機般降落在基地的空地上。機械臂把五個箱子慢慢送出艙外，工作人員卻用最快速度把五個箱子送到「回溫室」的冷藏庫中。

「回溫室」中，穿着白袍的李醫生，吩咐工作人員把編號303的箱子打開，把被厚冰封着的衞明放在手術牀上，蓋上玻璃罩，開始接受解凍程序。

溫度逐漸上升，透明的冰層逐漸融化成水；最後，衞明頭髮上、眉毛上的冰渣兒也開始融化了。在白花花的冰粒中，蒼白、僵硬的臉也出現了。

「快！快把他送入無菌氧氣房，抽出全身血液，加溫！」李醫生急急的吩咐，手術室人員也忙着調較氧氣室的溫度。氧氣房中，李醫生把加溫後的血液再輸入衞明的身體。隨着血液的流動，衞明的臉色逐漸紅潤起來，胸膛開始有節奏地起伏。護士正在為他測量脈搏，李醫生脫下薄薄的手套，輕輕的舒了口氣。

追憶三十年

衞明靜靜的坐在回憶室中，翻開郭雯送來的資料。

郭雯展開一個溫暖的微笑：「別怕，你很快就會知道你是誰，很快就會適應現在的環境了！」說完，開門出去了。

經過三天的調養，衞明已恢復二十多歲的精力。

在隔聲的小室中，回憶一點一滴的滲入他的心中。

最難忘的當然是她——那有着淺淺的梨渦、永遠泛笑的眼睛、未言先露的貝齒、善解人意的敏思。但當他一再

提出要和她在人生路上攜手同行的時候，她總説未能在他與丁雄之間作一抉擇，而丁雄卻是他的摯友。感情的煩惱，不就是促使他作自我放逐決定的原因嗎？

但最使他煩厭的，卻是那無休無止的考試。從小學到中學、預科、大學，僥幸過了一關又一關。誰知大學畢業之後，工作三年，還要通過專業考試。日間工作已極疲倦，晚間還要啃一大堆參考書、做報告、搜集資料、作考試預備，使他精神上承受極大的壓力。

最令他失望的，就是工作上的不如意。研究生態平衡的他，做的是環境保護工作，但由於人類的短視、自私、貪求一時的方便，所以任憑衞明他們做得筋疲力倦，喊得聲嘶力竭，環境污染還是日益嚴重。終於一次歷時半年不退的紅潮，引致大批海洋生物死亡。而社會輿論沒有引導公眾正視環境污染，卻把矛頭指向他們，責備他們工作不力。衞明面臨多種困擾，快要精神崩潰了。

記得那一天，他穿過充滿打樁聲及汽車聲的街道，走進灰暗的天橋網下的診療所，抱着欲裂的頭，坐在醫生的面前。

「你要忘卻一切，放鬆自己。」醫生説。

但他能放開一切嗎？

結果，未能有堅定意志力的他，選擇了一條自我放逐三十年的路，還耗費了自己一大筆的積蓄。

然後，他就在「太空自我放逐總部」的實驗室中，進入酣眠。當時，實驗室正為這批進行「自我放逐」的人，播出「明天會更好」的歌曲！

沉思中，門忽然打開了。

他回過頭來。

這是誰？

一位五十歲左右的女士，滿面風霜，穿着剪裁合身的服裝走進來。

「衞明！」一聲天崩地裂的呼叫聲之後，那微帶混濁的眼睛，忽然射出喜悅的光芒，那女士熱切的伸出雙手，向衞明直撲過來。

衞明不由得倒退一步：「你？你是誰？」

希望之光熄滅了，衞明的反應使她吃了一驚，她用伸出的手捧住自己的臉。

當雙手撫到自己臉上的皺紋，那女士似乎明白了一切。

他們給時間愚弄了！

他們會面於不適當的時刻。

這是我的敏思？衞明想。

稍一定神，衞明慢慢的從歲月的痕跡中找到了一些昔日的記憶；也知道自從他自我放逐後，敏思才知道「至愛」的是他，所以三十年來一直等他回來。結果，三十年的希望就在一剎那破滅了。

「來，我們畢竟還是朋友，是不是？」看來，由於歲月的影響，敏思反而比他成熟了，「讓我開車送你一程。」

灰色的防波堤

在向王博士、李醫生道謝之後，衞明隨着敏思離開了總部。

「祝你好運！」是郭雯清脆的聲音。

走出大門之前，敏思遞給衞明一個玻璃纖維的頭罩，又叫他穿上一套銀色的大罩衣。

「我們是坐電單車吧？」衞明捧着頭罩問。

「噢，不是！」心情極度失落的敏思，也不由得給他的呆頭呆腦引得笑起來。「只是街道上的空氣極度污染，我們需戴上裝有空氣清潔器的頭罩才可以上街去。位於二十公里高空的臭氧層，也因空氣的污染而變得稀薄，再也不能替我們隔濾過多的紫外光了，所以我們出外，都要

穿上防紫外光罩衣以免患上皮膚癌。我們的科學畢竟是進步的，是不是？」敏思臉上出現一抹無奈的笑容。

車子緩緩開出。果然，街道上的人都戴上頭罩，穿上防紫外光罩衣，活像一個個太空人在街上亂跑。

「咦，為什麼他們都在耳邊掛上一個小儀器？是新型的耳筒收音機嗎？」

「哦，像嗎？事實上，這是最先進的兩用助聽器。由於人類的聽覺長期暴露在飛機、汽車、機械、的士高音樂的噪音中，聽力已大為減弱。這個助聽器一方面可以減弱四周的噪音，一方面又可以加強人類的聲音，方便人類的

交談。這個設計不是挺巧妙的嗎？」敏思嘲弄的説。

路上都是灰暗的天空，灰暗的建築物，灰暗的地下隧道，連一點點藍、一點點綠都看不到。

「丁雄真該打！」衞明裝作輕鬆的説：「他幹的是什麼城市設計工作？連一個小花園、一株小綠樹都看不到！」

「他？若他還幹這一行，早就失業了！人口增長得這麼快，連綠色植物生長的地方也霸佔了；加上人類對木材的需求，大量採伐，地球上已沒有了一大片的樹林。再過一些日子，恐怕連樹木是什麼樣子的，在人類的腦海中也想不到了。」

忽然，車子一拐彎，左邊出現一道堅厚的灰色大堤壩。

「這是水庫的防波堤嗎？怎麼築到市區裏了？」

「噢，這不是水庫，是維多利亞灣的防洪堤。」

「好端端的為什麼築上防洪堤，把美麗的海景都遮住了。」

「唉，你離開地球三十年了，難怪你還有那看海景的浪漫情懷。事實上，由於工業的急促發展，工廠燃燒的石油和煤炭噴出的濃煙嚴重污染了空氣；加上大規模的砍伐森林，使到植物吸收二氧化碳的速度減慢。所以，大氣層內的二氧化碳含量迅速上升，現在已增至三十年前的兩倍，

由於溫室效應影響，使地球的平均溫度增加兩度，南北極的冰塊有些開始融化了，引致所有海洋的水位上漲。為了防範那日益高漲的海水，我們便利用先進的科技築起了堅固的防洪堤。『人定勝天』，是不是？」敏思苦笑。

望着那灰沉沉的防洪堤，衞明的心中也是灰沉沉的，就像那灰沉沉的，剛下過一陣子酸雨的天空一樣。

最後抉擇

為了答謝敏思的迎迓，也為了消除那灰暗的感覺，衞明請求敏思送他到一間高尚的餐館，希望享用一頓歡樂的燭光晚宴。

燭光下，三十多年的阻隔，好像又縮短了一些。

衞明輕鬆的揮揮手，想叫侍者送上餐牌。

「不用了，都是一樣的菜式！」敏思説，一邊輕輕的向侍者吩咐了幾句。

菜來了，用兩個精刻細鏤的銀蓋子蓋着。

衞明拿起雪亮的銀刀銀叉，凝視着他三十年來的第一道餐，向敏思展開喜悦的笑容。

蓋子打開了，是兩丸暗綠色雞蛋大的膠狀物。

147

「這是什麼？」衛明目瞪口呆，指着那團暗綠色的東西。

「是『丸子』！地球上的資源因大量消耗，現在所有的天然食品都極為罕有。而且由於長期享用人工調味食品的關係，清淡的天然食品已不能滿足人類的味覺，所以，現在最高的享受是──強力味精加營養素混合丸！」望着那團暗綠色的物體，衛明食慾全消。

回到闊別三十年的家，衛明真有說不出的感慨，幸好敏思一直為他打掃房子，所以並沒有蛛網塵封。

為他打開了空氣清潔器之後，敏思就識趣的向他道別，讓他好好的休息一下。

「牀上有為你預備的新衣服，早點休息吧，再見！」

衛明換上睡衣，那尼龍質的衣料使他覺得很不舒服。

「敏思畢竟老了，連我喜愛棉、毛織品也忘記了！」

但從衣袋中掏出來的一張字條，卻推翻了衛明的想法。

對不起，衛明！明明知道你喜歡棉、毛織物的柔軟，但也無法為你找到一件，因為天然纖維已成世間難求的珍品。

敏思

衛明彷彿又看到敏思淒然的苦笑！

衛明剛拉開椅子坐下，卻看到門縫下塞進一封信。

「信？奇怪！」衛明連忙把它拆開。

是一封政府公函。

　　恭喜閣下平安回歸地球，本人謹代表政府致以熱烈的歡迎。惟閣下應盡快投入工作，共同促進社會的繁榮及進步。故請於兩星期內，參加世界性專業水準測試，以確保閣下分配到適當的職位。

詮敍科人事部

八月十九日

白有禮代行

　　衛明捏着袋中僅有的幾個硬幣，心中卻在盤算，如何籌得一筆錢，作第二次自我放逐。

　　他清楚今次自己選擇的年期，將會是——永恆！

飛越蛋殼王國

（榮獲 1990 年香港中文兒童讀物創作獎。）

　　白花花的陽光在正午的晴空中閃耀着，熱空氣在半空中蒸騰、翻滾。

　　波比涎着舌頭，懶懶的蹲在門邊，肚皮一抖一抖的喘着氣。婆婆坐在安樂椅上，晃頭晃腦的打瞌睡，老花眼鏡在鼻尖上來回的盪鞦韆。

　　小方可不怕這炎熱的天氣呢！他的心，全都在電腦的熒光屏上了。他正玩着緊張刺激的「搬蛋」遊戲……

　　一個滾圓的蛋，被兩隻小螞蟻抬着。哎呀，不好了，大石滾下來了！幸好小方按按鍵，螞蟻扭扭身，閃過去了。來到河中央，小方又急忙按鍵，螞蟻飛跑過河去，橋就在身後塌下來了。好險！

　　最緊張的時刻中，「小麻煩」又來了！

　　「好哥哥，這螞蟻搬餅的算題怎樣計算？」

　　「哎呀，妹妹，你問我，我問誰？」小方頭也不回，又是注視着熒幕。

B……B……B，螞蟻抱着蛋下船了。船一晃，蛋兒幾乎被拋入河中。幸好小方眼明手快，一按鍵就把船定住了。

「好了，快滿分了！」小方緊張得手心直冒汗。

「鈴鈴鈴……」電話響了。

「小方，電話！」媽媽說。真要命！

小方接過電話，粗聲粗氣的說：「誰？」

「是我。」鄰居小強的聲音：「天氣這麼熱，等會兒到荔枝角泳池游泳好嗎？」

「我沒有空，你自己去好了！」

「你不是有《天空之城》這本書嗎？借給我吧！」

小方模仿電視廣告的表情，聳聳肩，不勝其煩的說：「你為什麼不到圖書館看看呢？」

「啪」的掛斷電話，小方又繼續他的搬蛋遊戲了。

一番衝刺之後，小方高興得跳起來：「嘩：五千分，滿分了！」

5000，5000，5000，熒光屏上閃爍着一堆數目字，越閃越多，瞬間充滿了整個畫面。片刻間，所有綠色的數目字，小雨點般的落下來，匯流成一個綠色的光點。那光點越旋越大，變成一股旋風，把小方捲進裏面去了。

呀……

「啪噠」一聲，小方掉在一堆柔軟的東西上面。

「你『搬蛋』成功了，歡迎你到蛋殼王國來！」一把冷冷的聲音響起了。

小方張眼望望，可沒有人，四周的氣息是冰涼的。這裏沒有太陽、沒有月亮，也沒有星星。

雪花，靜悄悄的、輕飄飄的落下來了。

借着雪地上的反光，小方看見四處豎着一個一個很大的蛋。

「呀！異形！異形！」小方想起電影中的太空怪物，不由得渾身發抖。

再看清楚一點，每個蛋上面都有幾扇小窗子，射出柔和的、黃黃的光。

對於冷得手腳僵硬的小方來說，那溫暖的燈光有無比的吸引力。於是，他大着膽子，在雪地上跑一步、爬一步，跌跌撞撞的走向蛋前 。

果然是一座小房子，有小小的窗，小小的門，裏面還住着一個白白胖胖的小朋友。

這個又黑暗又寒冷又陌生的世界裏，「人」、「小朋友」這些事物，在小方心中引起的激動，是安坐家中的人沒法子理解的。小方心一寬，簌簌的兩滴熱淚便掉下來。他急

忙上前敲門。

「砰！砰！砰！」沒有人應門。

再試一次，還是沒有應聲。奇怪！

小方從窗口望進去，原來那個小胖子，戴着耳筒、哼着歌，身體狂急的扭動着，大概音樂十分強勁吧，怪不得他聽不到了。

到別的房子試試看！

「砰！砰！砰！」今次自然要用力點了。

但是，仍然沒有反應。難道沒有人？

小方踮高腳尖，從窗口張望一下。有呀，也是一個小胖子，他正忙着玩電腦遊戲呢！忽而手舞足蹈，忽而嘩然大叫，樂得快要發瘋了；他的心，怎容得下別的事物呢？

小方想起自己的「搬蛋」遊戲，不由得臉上一紅，難過地抽起凍僵的小腿，走向第三家房子。

「這次非要成功不可！」小方對自己說。

他舉起拳頭，擂鼓似的向那扇小門搥去。大概指揮千軍萬馬衝鋒陷陣的戰鼓，也不外是這麼一個聲勢。他要奮力把這門搥開，因為門內有溫暖、有希望，甚至有他生存的力量。他多希望在這個陌生詭異的國度，有人理睬他一下呀！

　　果然，小窗子「吱呀」一聲打開了，隨即湧出一陣諧趣卡通片的配樂聲，和一個肥胖的腦袋。小方的心興奮得狂跳着，但是……

　　「請你……」小方還未説完，那胖小孩冷漠的看了他一眼，又「啪」的關上窗門，繼續看卡通片去，把所有的寒冷和孤寂都留給小方了。

　　希望之光熄滅了！

　　忽然，一個微弱的聲音響起來：「他們都着魔了，求他們是沒有用的，快跟我來吧！」

　　一隻溫暖的小手，把小方拉進附近的小山洞裏。

　　山洞裏，搖曳着一朵小小的火燄。火堆旁坐着一個瘦小的女孩，跟拉他進來的小男孩，都是十歲的模樣。火堆雖然小，但三個小孩依偎着，手腳都溫暖了。

　　「這是一個冰冷的國度，所有人都困在自己的蛋殼中，不理會外面的世界了。我們留在這裏，是會冷死的，還是想法子離開吧！」女孩説。

　　但是，怎樣離開呢？大家面面相覷。

　　「吱吱！吱吱！」外面有許多小黑影閃過。

　　「吱！小黑魔又出現了，不知孤獨老魔王又派他們來幹什麼勾當呢？」男孩低聲説，「唧」的一聲用一塊破布

把火堆撲滅了。

那些小黑魔一邊走一邊唱：

啦啦啦！啦啦啦！

這裏許多蛋殼孩，

味兒香甜肥又甘，

快快送去黑魔國，

給老魔王做好點心！

藉着微弱的雪光，小方向外望了望，不由得歎了一口氣。

成千上萬半呎高的小黑人，潮水般的湧過來，把蛋殼房子重重圍着。有的推，有的拉，「一⋯⋯二⋯⋯三！」就把蛋殼抬起來了。

房子裏那些享樂慣了的小胖子，平日還以為幸福是永遠的，一覺醒來，才知國家被別人侵佔了，掙扎着要逃出來。可是那肥胖的腰兒怎樣也擠不過那扇小門，更不用説和敵人作戰了。

「我們要想法子救救他們，畢竟他們也是人類呀！」小女孩説。

「當然，當然！」大家都説。

但是，怎樣去救呢？

這倒是個大大的難題。大家都皺着眉，默默的想着。

「呀，有了！有了！」小女孩興奮地説。

「怎麼樣？」

「你們見過海龜生蛋嗎？」

「見過又怎樣？」

「海龜把蛋生在沙灘上，太陽出來，熱力就把龜蛋孵化了。」

「對呀！我們可以請太陽伯伯幫個忙，把蛋殼曬裂的呀！」小方搶着説。

「但是，這裏已經很久沒有見過太陽了，怎樣找他呢？」小男孩問。

「我知道，他只是躲在後面的高山上。」

「我們現在找他去！」

三個小孩摸黑上路了。

荆棘刺傷了他們的手，樹根絆倒了他們的腿；貓頭鷹睜圓眼睛監視着他們，夜梟發出恐嚇的叫聲。所有恐怖的事物，都使他們的手握得更緊了；緊握着的手，又給他們無比的力量。最後，他們攀着樹藤，爬上山頂。

太陽伯伯蓋着白雲被，在呼嚕呼嚕的正睡得香呢！

「太陽伯伯，醒來！」

「請幫個忙，到蛋殼王國走走吧！」

「我為什麼要幫他們？」太陽伯伯擦着惺忪的睡眼問：「那裏的孩子，只顧埋頭埋腦的看電視、玩電子遊戲，從來不到街上和我打個招呼，我倒不如留在牀上睡個痛快！」

「太陽伯伯，這是他們不對，但行行好，再幫他們一次吧！他們快要死了！」

經不起孩子們的苦苦哀求，太陽終於露面了。

三個小孩採了一把蒲公英做降落傘，很快的溜下山腳，跑到蛋殼王國去。

太陽伯伯紅紅的臉兒照耀着蛋殼王國，他的熱力穿透冰冷的雲層，直射到蛋殼上。習慣生活在黑暗中的小黑魔，看見明亮的陽光，都渾身發抖，把巨蛋放下來。

熱力逐漸加強了，空氣中傳來一絲細微的破裂聲，跟着，「砰」的一聲巨響，蛋殼碎成千千塊。那些迷倒千萬小孩的機器，都裂開了、破碎了！一堆堆真空管、線路板冷冷的躺在地上，那幻彩的電視世界、那緊張刺激的遊戲、那強勁的音樂，原來，後面都是空的！

積雪在陽光下迅速地溶化，花草樹木春筍般長出來，空氣清新得泌人心肺。那些久困在蛋殼裏的孩子，又重新看到了大自然，看到了他們的小伙伴，都快樂得叫起來，大家擁抱在一起。

小黑魔碰到這突如其來的變化，都嚇得逃跑了。

所有的小孩子都拖着手、唱起歌、跳起舞來。

小方彷彿覺得自己就是屠龍後的勇士，開心得一把抓着榕樹伯伯的鬍子，盪起鞦韆來。呀，太高興了，一個不小心，小方手一鬆，就被拋上半空中。風呼呼的從耳邊吹過，雲片片的擦過他的身旁。「砰」的一聲，小方穿過電腦的熒光屏，跌坐在地上。

幸好，婆婆還是坐在安樂椅上，晃頭晃腦的打瞌睡，只有頑皮的波比，向他汪汪的吠了兩聲。

天外來的小怪客

自從由墨西哥的神秘三角地帶回來之後，舅舅和媽媽就忙得不可開交。就像今天，他們就因為要開一個要緊的會議，晚上不能回來睡覺了。

媽媽工作的機構，對那些白色的昆蟲作了仔細的觀察研究，發覺那些奇形怪狀的巨蟲，是由於長期生活在受了輻射污染的環境，使生態出現了突變。白色、巨大和眼睛粉紅，都是生態變異的結果。

但是，為什麼這個地區會特別受到輻射污染呢？附近沒有核電廠，也不是核廢料堆填區。

所以，解開了一個疑團，仍然有一個疑團。

舅舅從異象研究所帶回來的報告更是驚人。原來，儀器攝錄下來的天象——七彩繽紛的流星雨，並不是流星，而是一批批飛碟或太空船之類的東西。

這些是地球之間軍事大國的秘密武器？抑或是外星人的座駕？為什麼會在那裏起降得那麼頻繁呢？

因此，媽媽和舅舅就是為這些疑團找答案而忙碌着，

把三個腦袋裏塞滿了謎團的孩子獨自留在家中。

爸爸也是到了芝加哥公幹，還沒有回來。所以，十四歲的天宇就懂事地弄起晚飯來。她最擅長的就是煮即食麵、煎煙肉、煎雞蛋的了。

十歲的天行，就躲在自己的房間，翻弄着那些《科學小百科全書》、《科學新知》之類，想為心中的謎團找出答案。

八歲的天健最無所事事，他在大門和草地之間的水泥池上跳飛機。

他一邊哼着兒歌一邊單着腳跳着。斜陽下，他單着腳的影子就像一個陀螺。

「唉！如果有人和我一起玩就好了！」天健環顧着寂靜的草地和遠處的麥田，輕輕的歎了一口氣。

突然，綠影一閃，旁邊的叢林中走出一個奇形怪狀的「人」來。

這個人，高度和天健差不多，卻有着一個圓圓的、大大的頭顱，頭頂長着一對幼幼的觸角。臉上有特大的圓眼睛和特大的耳朵，口部卻不成比例的小。他的手腳又瘦又長，手部只有長長的食指和拇指，身上披着一件綠色的短盔甲類的衣服。

這個「人」慢慢地走到天健的面前，停住。

兩個人互相凝望着，這個怪人的大眼睛滴溜溜的轉，天健的大眼睛也滴溜溜的轉。

過了數分鐘，這個怪人慢慢地合起了手，高高的舉在頭頂上，嘴角輕輕地掀起了一下，發出了風鈴似的叮噹一響。

「哈！多有趣！他對着我扮兔子呢！」天健笑了笑，也跟着把手合起放在頭頂上，學他扮兔子。

「HELLO！」天健對着怪人打招呼。

「HELLO！」怪人也模仿着他，發出輕而清脆的聲音。

「這個怪人真有趣！」天健開心極了：「有個小朋友和我一起玩耍，真真不錯！」

於是，天健拖着怪人的手，在夕陽下，在地上方方圓圓的圖案上跳起飛機來。

天空海闊任鳥飛，

小小天地跳飛機。

大家一齊唱首歌，

一、二、三到你！

　　天健拖着怪人的手，一邊跳一邊唱，哈哈的大笑起來。
怪人也不時發出叮噹、叮噹風鈴似的聲音。

　　正在玩得瘋，廚房中煎煙肉的香味和天宇姐姐的聲音
一起飄來。

　　「天健，吃飯啦！」

　　天健拖着怪人的手向家中走去，他要把這個有趣的怪
人帶回家中，好唬天宇、天行姐姐一跳。

　　果然，天健和怪人進門的時候，天宇和天行都嚇了一
跳：「居然有這樣奇形怪狀的人！」

　　怪人慢慢的把手合上，舉上頭頂。

　　「嘿！原來他扮公雞，我們玩『何家公雞何家猜』也
扮過了，這倒容易！」天宇和天行也跟着把手合上，舉在
頭上。

　　「你是誰？」天宇是大姐姐，警覺性最高。

　　怪人沒作聲，只是向客廳環顧一下，然後慢慢地走到

擺在書桌上的電腦前。

他伸出了那纖長的食指，輕巧地在鍵盤上按了幾下。然後，頭上的觸覺輕微的聳動了幾下，把星球人的思維網絡和地球人的思維網絡聯接上。

他又熟絡地在鍵盤上按了按。

電腦的熒幕上出現幾個字：「星球人！」

三個小孩子嚇了一跳：「他們真的來了！」

「你從那裏來？」天宇問道。

「火星！」熒幕上又顯現幾個字。

「你為什麼到地球來？」天宇又問。

「喜愛地球上的綠水青山！」

「為什麼會停留在這裏？」

「迷途！」

「你多大？」

「六歲！」

啊！原來是個迷途的小火星人。

小孩子們是最有同情心的，天健連忙問他：「你餓嗎？」

「餓！」小星球人在熒幕上回答。

天行、天健立即一左一右，拖着星球人的手，把他帶

到廚房去。

天宇用一隻大大的碗，盛了一碗滿滿的麵，放在小星球人的前面。

天行和天健都把自己的一份煙肉和煎蛋，堆在星球人的碗裏。

三個小孩聚精會神的望着小星球人，對於他用什麼方法，把這碗大大的麵放進那小小的嘴巴很感興趣。

誰知小星球人不慌不忙，頭上的觸角微微一動，嘴巴就慢慢的伸長，像一根吸管似的插進碗中，分泌出一些帶有牛油蛋糕香味般的黏液。

只一刻，碗中的麵和肉都變成肉汁，小星球人就用這吸管把汁液吸進嘴裏去。

吃完了，這吸管又慢慢的縮短，變回薄薄的嘴唇。

天宇他們都看得呆了。

麥浪圓環

晚飯後，天健他們又利用電腦和小星球人交談了好一會兒。

他們知道小星球人是一個六歲的小女孩。她的名字叫「叮噹」，因為她笑起來聲音很輕很清，很像風鈴敲起來叮噹的一聲。她隨着父母到地球來，因為貪玩，獨個兒偷偷的溜下太空船。看着地球上的紅花綠樹，綠野藍天，她走着走着，竟然迷了路。

天健他們很同情她。經商量之後，決定留她在家中過夜。

「反正爸爸媽媽都不在家，我們就睡在他們的大牀上，叮噹就睡在牀邊的沙發上，好嗎？」天行提議道。

「好啊！這樣叮噹就不會怕黑了。」天健最有同情心的了。

「我想玩你們的搖搖遊戲！」叮噹看見天健爸媽的大牀，就在電腦上顯示。

「啊！原來那天我們在爸媽的大牀上玩機動遊戲，在

窗外偷看的就是叮噹!」天行想起來了。

於是,四個小孩子又唱又跳的,玩起機動木馬來。

玩得累了,便倒頭睡下。

夜半,四周一片寂靜,只是偶然有一兩聲狗吠。

忽然,遠處升起幾柱綠光,這幾柱綠光在漆黑的天空中交織成一道綠色的網,像很多很多的探射燈。這些探射燈究竟要搜索些什麼?

一道綠色的光,悄悄的從窗口中射進來,籠罩在叮噹的身上。

叮噹的身體微微震動了一下,大眼睛眨呀眨的,醒了。她慢慢的推開了房門,夢遊般的向大門走去。

推門的「吱呀」聲驚醒了三個小孩,窗外奇幻的綠光使他們十分詫異。

「叮噹要走了!」他們心裏想。大家都有點不捨,於是就跟在叮噹的背後。

打開大門,外面的景象使他們大吃一驚。

在他們家的草地上,站着十多個像叮噹一樣的星球人。他們比叮噹高大,也是頭大眼大,四肢瘦長。身上的盔甲在黑暗中發出綠熒熒的光,身後卻被一團綠光籠罩着。

他們看見天宇、天行、天健,都把手合起來,舉起在

頭上。

　星球人向我們敬禮呢！

　三個小孩立即回禮。他們看見星球人沒有惡意，才放
鬆下來。

　叮噹慢慢走到那堆人中，回過頭來，向天宇他們揮手
道別。

天健覺得十分不捨，他大聲說：「叮噹，我們能到你家玩嗎？我還有很多遊戲沒和你玩呀！」

為首最高的一個星球人聽了，腳步慢下來。

天上綠光一閃，一道綠光落下來，搭在天宇他們的面前。三個小孩像給一股引力吸着一樣，身不由己的跟着星球人向前面走去。

隨着綠光的指引，跟着星球人，天宇、天行、天健穿過田野，來到一塊空曠的地方。

借着綠光望去，孩子們真不敢相信自己的眼睛，原來這裏就是舅舅曾經帶他們來過的麥田。日間，這裏金黃的麥浪翻滾。現在，漆黑的夜空之下，麥田上竟然停着十多架飛碟形的太空船。

其中最大的一架太空船長約一百米，高約五十米，成扁圓形。下層泛着銀灰色，上層像玻璃一樣透明。船腹之下有十多排指揮燈，閃着藍、綠、紅的光芒。

其他的太空船長約十米，團團圍在主船的周圍。

為首的星球人用手向主船一指，其他的星球人和叮噹都向主船走去，小孩子們也不由自主的跟着向前走。

走到主船的前面，第一層船艙的門緩緩的開了，搭下一道銀色的長梯。

大家沿着長梯往上走，再穿越一條長長的走廊。

長廊迂迴曲折，兩壁全用一種不知名的金屬鑄成，成長環形，廊頂有光射下，卻不見有燈泡。

走盡長廊，來到機艙。

機艙裏十分寬敞。前面是透明的，可看到外面的景物，左右兩邊整面牆上都是一排排的電子儀器及按鈕。兩旁是各種不知名的機器，四周連着很多道小門，可知道由這個機艙可通往太空船的其他船艙。

孩子們來到這個完全陌生的地方，只是覺得好奇和新鮮，一點恐懼的感覺也沒有。

為首的星球人向孩子們遞來三個像耳筒模樣的儀器，又把儀器戴在天健的大頭上。天宇和天行也跟着把儀器戴上。

之後，像有一道電流，透過孩子們的腦袋。跟着，他們聽到了船艙上的各種聲音。而且，那個為首的星球人向他們說話了。

「歡迎你們到火星太空船『智者一號』來！你們剛才戴上的是心靈感應器。這個儀器可以幫助我們大家感應到對方的思想，而且可以幫助你們把看到的星球上的文字、圖象、符號，聽的說話，轉化成你們地球上常用的波頻

再送到你們的腦電波中。即是説，你們可以立即看得懂我們的文字，聽得懂我們的説話了。」

　　星球人的説話，三個小孩聽得明明白白，因此點了點頭。

　　「其次，我非常感激你們接待我的女兒叮噹。事實上，我們的太空船已經往來地球多次。但每一次和地球人接觸，不是引起恐慌擾攘，就是受到人類軍事基地的襲擊。你們是我們所接觸到的最友善的地球人了。因此，我們非常歡迎你們到我們的國家參觀。」

　　「你們的國家在那裏？」天宇正想發問。

　　「火星！」天宇還未開口，星球人已説出答案。

火星人的樂土

太空船在無邊的太空中滑行。

流星雨一批又一批的向太空船打來，天健他們幾乎聽到流星擦過太空船的響聲。

回首一望，一個美麗的泛着淡藍光彩的星球在他們的後邊。

「這是什麼星球？」天行問。

「地球！」叮噹答道。

「這是我們的地球？」孩子們都十分詫異，這個脆弱的美麗星球，竟然是他們平日腳踏實地，大片青山綠水的土地。真是不可思議！

在太空船上，叮噹告訴他們很多有趣的事情。

她說她的父親就叫做智者。因為他是這個船隊的船長，所以主船就以他的名字命名，叫「智者一號」。

她又說，他們的祖先，樣貌也和地球人差不多，但由於「用進廢退」的關係，那些勞力的工作由機械代勞，所以手和腳都退化了，變得瘦長無力。而食指由於經常用來

按樞鈕的關係，所以進化得特別粗長。最特別的是腦，由於腦力進化得特別快，所以腦袋碩大無比，眼部、耳部都比地球人大，看起來就有點「頭大身小」。

「那麼，怪不得我們地球人都說『大頭仔』聰明了。」天健得急洋洋的說。因為他有「大頭智多星」的稱號。

「為什麼你們不用戴上心靈感應器就能和我們溝通呢？」天宇問。還是女孩子的心思縝密。

「由於我們腦力的發達，產生了各種新的頭腦功能，其中一項就是心電感應的本領。我們火星人，從呱呱墜地那一刻起，就有與其他心靈互相接觸感應的本事。你看看我們頭頂的兩條觸覺，就好比你們地球人收音機上的天線，可以接收其他心靈的波頻。」叮噹說。

正在小孩子們談得開心的時候，太空船開始作「之」字形的滑翔，降落在火星的土地上。

火星的大地，和地球上的景象又大不相同。

在堆滿火山灰的大地上，是一個個巨大的圓環形的火山口。在火山口和火山口之間的大片空隙上，用玻璃和金屬建造起一座又一座晶瑩透明的圓環形的空間，宛如法國凡爾賽宮前的玻璃金字塔，不過比玻璃金字塔的體積大很多很多倍。這些玻璃塔之間，都有玻璃密封的天橋連接起

來。這些極先進的建築羣，建在荒蕪的火山口上，有極不協調的感覺。

太空船的艙門打開了，伸出一道玻璃密封的通道，與第一座玻璃塔連接起來。

天宇、天行和天健，隨着智者、叮噹和其他星球人穿過玻璃通道，走進玻璃塔裏。

這個玻璃塔高約一百米，大約十層樓那麼高吧，非常非常寬敞，少說也有五十多個維多利亞公園那麼大。裏面有熱帶雨林、沼澤、沙漠、草原、溪流及湖沼。

透過玻璃塔頂，金燦燦的陽光照射進來。塔外是藍天白雲，陽光充沛。

但是，小孩們卻覺得不是味兒，甚至有點失望。

他們想不到科技高超的火星人，居然住在這個鋪滿火山灰的大地上。

還有，這裏雖然有樹木花草，河流湖沼，也算有藍天朗日，但總是隔着一層玻璃，那似得在地球，可以無拘無束，頂天立地，這裏再美好，也只是一個玻璃囚籠。

他們心中所想，早已被有心靈感應的智者洞悉。他只輕輕的歎了口氣，大眼睛現出無奈的神色。

「叮噹！你帶小朋友們參觀Ａ型生物環吧！」智者吩

咐女兒。

「知道！」這是叮噹極樂意做的工作。

叮噹首先帶他們參觀控制室。

控制室內裝設有五千多種電子感應器，五顏六色的指示燈不停閃亮着。

叮噹告訴他們，這些由鋼鐵、玻璃和三合土構成的巨型圓形建築物，他們叫它做生物環，最大的就是 A 型，就是他們現在所處的那一種。較小的還有 B 型和 C 型，全個火星國都是由這些大大小小的圓環連結而成，所有的火星國民都住在這些生物環中。生物環裏的生物都是自給自足的，組成一個完全的生態循環。而控制室裏的五千多種電子感應器控制了生物環裏的一切運作。例如溫度控制系統啦、排水系統啦、測驗食水樣本啦、空氣樣本啦、細菌樣本啦⋯⋯

噢！這裏仿如一個小世界，孩子們望着那些閃亮着的指揮燈，覺得不可思議。

離開控制室，孩子們跟着叮噹，在生物環內的田野間漫步。

孩子們從來都沒有見過這樣色彩豐富的菜園，看：

最前最矮小的是一排排黃白色的捲心菜；高一點的是

青綠的小白菜；再高一點的是橙紅的紅蘿蔔；跟着是鮮紅、翠綠、大黃的三色大燈籠椒；跟着是紫色的茄子、青色的脆瓜；跟着是一個個大紅燈籠似的番茄。吊在架上的是青綠的豌豆和絲瓜。

這些鮮紅嫩綠的蔬果一行跟着一行，一層疊着一層，由矮至高，密密的種植着。那繽紛艷麗的色彩，比什麼花兒都美。

喜愛園藝的天行看得瞪大了眼，一句話也説不出來。她偷偷的摘下一個紅櫻桃番茄。

「這些都是我們用水耕法和密植法種植的蔬菜。由於土地有限，我們要種得密密麻麻，而且要輪植各種作物，以盡量利用地力。」叮噹説。

跟着，他們還看到籃球般大的馬鈴薯和水桶一般大的蘿蔔。一個一個汽車般大的南瓜橫亙在路前。

「哎！灰姑娘坐的南瓜車原來是真的！」天宇驚歎道。

「這是我們火星人用接種的方法繁殖出來的！」叮噹説。

跟着，他們來到果園。一個個的機械人在採摘生果。一個火星人坐在高台上，用電腦指揮着他們工作。

那些蘋果、梨子、甜橙、木瓜、水蜜桃大得像足球，

纍纍的掛在枝頭上，把樹枝也墜得彎了。

「如果牛頓在這顆蘋果樹下看書，地球上便沒有這個科學天才了，他肯定會給掉下的蘋果砸死！」天宇打趣說。

「幸好我們是指揮機械人工作的。」叮噹笑了笑，發出風鈴似的叮噹一聲：「不然我們的大腦袋就有難了。」

他們又參觀了牧場，那裏有大量的家禽牲畜，但他們居住的空間不多。例如雞隻，就住在一排排數層高的小籠內。日光燈一亮，牠們便從小籠裏伸出頭來啄食穀米。日光燈一熄滅，牠們便把頭縮回去睡覺。

叮噹解釋這樣處理有兩個原因：一是由於生物環內空間不多，第二個原因是這樣雞隻會長得很快。

趁着機械人出來拾雞蛋的時候，他們離開了牧場。

天健對於這個生物環很有興趣，他很留心的聽着叮噹解釋：怎樣利用植物作為家禽牲畜的飼料。植物進行光合作用的時候，怎樣吸收了生物環內的二氧化碳，釋放出氧氣，使生物環內的氧氣保持新鮮。

這些道理，天健上科學課時也知道一些，不過，他更有興趣的是這些問題：

「這樣子把母雞關在一個小籠裏，牠們不會悶嗎？」

「你們有沒有替摘果的機械人買勞工保險？」

「那些巨大的果子和普通的果實比較，味道是否一樣？」

叮噹對於這個「大頭智多星」提的問題，看來也不甚了了，她只好搖搖頭，説：

「我腦袋植入的晶片沒有答案。看來，你只好問我爸爸了。」

他們離開農場，穿過草原，進入林區。

這裏的低地有熱帶雨林，平地有溫帶叢林，高地有寒帶的針葉林。不時有機械人出沒，巡視林區的狀況及收集樹木的樣本。

「我們經常視察林區的情形，研究樹木的生長，為的是要確保樹木生長得生機暢旺。因為生物環中大部分的新鮮空氣都是靠這裏的樹林進行光合作用時供給。」叮噹説。

天宇突然記起上生物課時，老師稱亞馬遜河雨林區為「地球之肺」。這一大片的雨林，可供給地球多少新鮮的空氣！

「可惜！你們地球人任意砍伐樹木，現在亞馬遜河已有五十萬平方公里的雨林喪失了原有的功能了！」叮噹

説。

叮噹突然感歎起來，把天宇嚇了一跳。後來她記起叮噹會心靈感應術，怪不得知道別人心中想什麼了。

一陣嘩啦嘩啦的水聲傳來，一道人工大瀑布從高二十米的山頂流瀉下來，流過沙灘、草原及森林，使生物環裏的花草樹木更覺生氣盎然。

叮噹帶着他們向海邊走去，告訴他們，河水沿着河流分成數段，水質逐漸由淡變鹹，然後流入深十米的人造海洋中。

面對着遼闊的海洋，看着人工製浪器造的浪拍打着堤岸，吐出層層白沫，海面上微波粼粼，孩子們都覺得心曠神怡。

人工的生物環內竟有這樣廣闊的海洋，真是奇跡！

叮噹驕傲的説：「剛才你們所看到的一切，都是由控制室內的五千多種儀器控制的，我們火星人只需一根指頭就可以管理了。」

叮噹伸出了她特別長的指頭。

「你們火星人的高超科技了不起！」天宇、天行由衷的讚歎。

「可是，你們為什麼要用這樣高明的科技把自己關在

這個玻璃囚籠裏呢？」天健那「大頭智多星」總是有自己不同的意見。

「玻璃囚籠？」叮噹素來沒有表情的臉孔也激動起來。「你可知道囚籠外邊是什麼世界？荒蕪、死寂，沒有空氣也沒有水！我們的祖先經過多少代的經營，從深入地心的岩層中取出水、鑽出礦；用多少太空船從土星美麗的光環裏鑿取冰塊取水，花多少心血去栽培農作物，才創造出這個適合我們生存的環境。這些玻璃囚籠養活了我們成千上萬的火星人！」

「我們地球人，走出家門，就有廣闊的天地，新鮮的空氣，美廣的花草樹木，可愛的動物，可以在那裏踢球、奔跑，放風箏！」天健説。

「那是你們地球人的運氣！你們地球人每一個都是富翁，擁有這麼多的寶藏。記着，拿在手的東西，要好好珍惜。任意糟蹋，它就會化成塵、化成灰！失去了的東西，就再也追不回來了！」

這把蒼涼悲痛的聲音，是智者的聲音，不是叮噹的聲音。智者利用心靈感應，借叮噹的口，表達了自己的憤慨！

天宇、天行、天健被這突然其來的變化嚇了一跳，但

智者蒼涼的聲音，卻在他們耳邊纏繞不去：

「記着，拿在手中的東西，要愛護！要珍惜！任意糟蹋，它就會化成塵！化成灰！」

我們人類有好好的珍惜愛護地球嗎？

幻想故事篇

哈囉

（榮獲第三屆香港中文文學雙年獎推薦獎。）

火紅的太陽掛在樹梢上，四周靜悄悄的。一陣陣餸菜的香味，從屋邨敞開的廚房窗子飄出來。

這時，天邊出現一隻飛碟，它閃着綠熒熒的光，「之」字形的迴旋着，無聲無息地滑落在公園的樹叢中。

小小的外星人必必，慢慢地溜出飛碟，窺探着外邊的世界。

噢！這裏沒有冷硬的鋼鐵架成的基地，沒有凹凸不平的火山口；只有青山綠樹，各種不同形狀的的高樓大廈。多有趣！

樹叢外是一大片空地，地上站着一個樣子古怪的「東西」——他頭頂沒有觸覺，臉上卻有兩隻眼睛，四肢均勻，全身被一層柔軟的不知什麼東西包裹着。

這個「怪物」，正擺出一個古怪的姿勢，豎起一隻腳，開心地在地上一些方方圓圓的圖案間跳着。

「咦！這些圖案莫非是太空密碼？這個怪物正想解開這些密碼呢！」必必想。

必必眼中的「怪物」，就是地球人加加了。

加加趁着晚飯前的一段空閒時間，到公園玩耍。這個時侯，其他的孩子都回家去了。偌大的一個兒童遊樂場，就只有他一個人在笑着、跳着。

「這個怪物究竟在做什麼，為什麼他笑得這麼響？我多想和他打個招呼，做個朋友啊！」必必用他長長的手搔着大大的頭。

但必必也知道，做這件事必須小心。因為，他的爸爸媽媽多次駕駛飛碟來到地球，只不過想和地球人打個招呼。可是，他們每到一個地方，必定會引起一場大騷動。

地球人最愛猜疑了，看見天外飛來這麼一個不明物體，不是以為星球大戰，就是以為世界末日了。大家只曉得爭相走避。

所以，他們每一次嘗試和地球人接觸，結果都是失敗的。他們只好駕着飛碟，快快離開。

第二天，地球人的報紙又會大字標題：UFO──空中

185

不明飛行物體，昨日入侵地球。多嚇人！

唉！和地球人溝通就是這麼難。

必必慢慢的從樹林裏走出來。

加加正玩得興高采烈，猛然抬頭，看到一個頭大身小、手長腳短，頭頂長着一對觸角，全身披甲的「怪物」，正站在他眼前，用一雙圓圓的大眼睛望着他呢。

「誰家的玩具機械人溜出來了？」加加想。

必必合起雙手，放在頭頂，這是外星人向別人打招呼的動作。

「哈！多有趣！他對着我扮兔子呢。」加加記得：每天早上乘升降機上學時，那些叔叔阿姨們站得那麼近，但卻是呆着臉孔，互相瞪視，一聲不響的。想不到這個鋼鐵做的機械人，竟然比那些叔叔阿姨們更有感情。

加加也把手放在頭上，跟着扮「兔子」。

必必開心極了：這地球人向我回禮，打招呼呀！

加加説：「HELLO！」

必必也模仿他的語氣，説聲：「HELLO！」

夕陽下，加加竟然拖着必必，在地上方方圓圓的圖案上一邊跳一邊唱：

天空海闊任鳥飛，

小小天地跳飛機。

大家一齊唱首歌，

一、二、三到你！

「哈，原來這些密碼，是可以解開地球人和外星人的隔膜的！」必必開心地想。

必必的爸爸媽媽，坐在叢林中的飛碟裏，正在往外張望。

他們都十分奇怪：宇宙之間，為什麼小朋友總會這麼容易溝通？

聰明的小朋友，你能向必必的爸爸媽媽解答這個問題嗎？快把你的見解寫下來，必必的父母，一定會送給你們兩張往太空旅行的「飛碟票」的。

我的答案是：因為 ＿＿＿＿＿＿＿＿＿＿

＿＿＿＿＿＿＿＿＿＿＿＿＿＿＿，

所以，小朋友之間比成人容易溝通。

姓名＿＿＿＿＿＿＿＿＿＿＿

木乃伊大逃亡

一

黑夜，大英博物館內悄無人聲。

墨藍的天空中，月亮慢慢從雲中露出臉來。當月光透過埃及館的玻璃屋頂灑下時，館中一個繪上彩圖的棺木被慢慢地推開了，一具木乃伊伸伸懶腰，坐了起來。

「呵……呵……呵……」他打了個呵欠，他是伊魯王子。

呵欠聲驚動了其他大大小小的木乃伊，他們都從棺木中、陳展的玻璃櫃裏坐起來。

（一項驚世的行動快要開始了！）

「唉！日子真難過啊！」一具木乃伊說。

「離鄉別井，來到這裏，還要拋頭露面，供人評頭品足，真是非人生活！」一把嬌滴滴的聲音響起了，原來是安娃公主。

「想起從前，在我們的故鄉——埃及，黃沙一片，氣

候多乾爽；在那寬敞隱蔽的地下室裏，睡眠多酣暢！」

「唉！現在被人擄來這裏，公開展覽，真教我們死不閉目啊！」其他的木乃伊也你一言，我一語的說開了。

也難怪他們紛紛訴苦。每當早晨第一線陽光從玻璃屋頂射下來的時候，噩夢就開始了：他們要面對着成千上萬來參觀的人羣。因為這裏——大英博物館，是全世界貯藏木乃伊最多的地方，甚至比木乃伊之鄉——埃及還要多，那裏的博物館，也不過貯存木乃伊七、八個罷了。

這裏藏着的木乃伊有成人，有小童，有嬰孩，有王子公主，有貴族，還有貓、狗、鱷魚等寵物，算來總有近百個吧！

每天，猛烈的陽光從透明的屋頂射進來，薄薄的裹屍布抵受不住那個熱力；熱騰騰的人氣蒸着他們；鬧哄哄的人聲吵着他們，這種環境，教這些「黑暗一族」怎能安睡？

「這裏不是我們的國土，我們是被搶回來的。不如我們一起想想法子，逃離這個牢獄，回故鄉去吧！」勇士木乃伊說，那銳利的目光從白紗布的隙縫中射出來。

「對啊！我們回去！回去！」大家一邊嚷着，一邊跳腳贊成。（「伊」族們的雙手被紗布包裹，不能鼓掌，只能在地上狂跳一番，表示贊同。）

「但是，我們總不能這個樣子在街上走，再飄洋過海的回到埃及去啊！」安娃公主皺着眉頭說。

「是啊，我們有什麼方法逃走呢？」

木乃伊們面面相覷，像一條條木柱般呆立在館中。

天上的月亮，也愁悶的躲進雲裏去了。

二

大英博物館內，木乃伊們都在為怎樣回故鄉發愁。

「啊！有了！」足智多謀的長老木乃伊說。

篤⋯⋯篤⋯⋯篤⋯⋯大大小小的木乃伊們，都興奮地跳到他的面前，靜聽佳音。

一陣交頭接耳之後，木乃伊們滿懷希望地，跳回自己的木棺中。

一天夜裏，一隊木乃伊，整整齊齊的，從博物館的後門跳出來，跳進停泊在館旁的一輛大貨櫃車裏。

這車子的任務是：乘貨櫃船到埃及去，把金字塔旁神廟的雕花石牆拆下來，送到大英博物館裏去展覽，正好是到木乃伊的故鄉去。

木乃伊們一個跟着一個，疊羅漢般躺在車上，活像一

190

盒滿滿的沙甸魚。

清早，車子一搖一晃的開走了，司機還以為是駕着一輛空車呢！

當車子抵達金字塔旁，已是第二天的深夜。

工作人員把車子泊好，在沙漠上架起帳幕，燒起火堆。

一陣陣烤肉的香氣從火堆那邊傳來，從縫隙之中鑽進車廂裏。

「唔……好香！」車裏的木乃伊們開始騷動了。

小鱷魚木乃伊嗅到了香味，想起那肥美的肉塊，興奮得翻了個身。一不小心，「啪噠」一聲從車頂上一層掉下來。

「噼！」長老木乃伊連忙制止他們的胡鬧。

「咦？你聽聽是什麼聲響？」一位長着翹鬍子的工作人員驚訝地問。

「那裏會有什麼聲音？一個空貨櫃罷了！」一個大塊頭回答。

「我明明聽到有聲響的。」翹鬍子向四周打量一番。

「別『生人不生膽』了，大概老鼠在貨櫃內打架吧！」大塊頭說完，一口把手上的酒喝光了：「睡罷！不要疑心生暗鬼了！」

翹鬍子也不作聲了。幸好他沒有追查下去，否則，那滿滿的一車子木乃伊準會把他嚇死的。

在大塊頭和翹鬍子的鼻鼾聲中，在清冷的月光下，令人驚異的奇景出現了：

一隊木乃伊，由長老帶領着，跟着是安魯王子和伊娃公主，隨着是一羣貴族和武士，後面是一羣小孩，最後是貓、狗和鱷魚。他們跳呀跳的，跳進金字塔的地下室裏，開始了舒暢的睡眠。

假期過後，大英博物館的工作人員上班了。

當他們打開埃及館的時候，每個人都呆住了，因為在他們面前的，是空無一「伊」（木乃伊）的展覽館。

他們永遠也想不到，那些被奪回來的木乃伊，在一個月夜中，千里迢迢的回到他們的故鄉去了。

聖誕老人頭痛了

窗外，雪花開始落下來了。

一片、兩片、三片，雪花在半空中嬉戲着、飛舞着、追逐着。累了，就乖乖的躺在地上。

雲堆中，有一間圓圓的小冰屋，明亮的燈光從晶瑩的冰磚中透出來。

鯨魚油燃點的小燈下，穿着紅袍子的聖誕老人皺着眉、抱着頭沉思着，銀白的鬍子在燈光下閃亮。

小馴鹿不安地望着他，不時踢着腿，頸上的鈴鐺就叮噹叮噹的響着，他用溫暖潮濕的紅鼻子，親着老人的額頭，向他表示同情和安慰。

桌子上，攤開了一些信件。旁邊的包裹中還有不少哩：你的、我的、小明的、大雄的，都是世界各地的小朋友，向聖誕老人要禮物的信件。

第一封信是這樣寫的：

親愛的聖誕老人：

非洲的小朋友生活很苦，連吃的東西也沒有。我們決定今年不要禮物了，請把買禮物的錢，換作香脆的朱古力夾心餅，送給他們吧！

寧寧、丁丁、冬冬、肥肥敬上

十一月一日

「這還好辦，雖然功夫是煩了點。」聖誕老人點點頭。

第二封信展開了：

親愛的聖誕老人：

爸爸媽媽經常吵架，我和弟弟都很害怕。請你想辦法

使他們停止爭吵吧！這就是我們最希望收到的聖誕禮物了。

文浩敬上

十一月四日

　　這倒難了，如果用「膠布」把他們的嘴巴封起來，他們不能吃飯、說話了；如果不黏上「膠布」，他們能吃飯、能說話，又能吵嘴了……

　　這問題解決不了，還是先看看第三封信吧：

親愛的聖誕老人：

　　我和媽媽本來住在溫暖的香港的，但爸爸卻要「移民」把我和媽媽送到冰天雪地的加拿大來，自己卻做「太空人」，留在香港工作。我多想念他啊！我希望今年的聖誕禮物就是把爸爸還給我。

豆豆

十二月二日

　　唉，這真不好辦，惟有趁他爸爸睡覺的時侯，把他放進布袋中，貼上郵票，寄往加拿大去。

　　第四封信給打開了：

親愛的聖誕老人：

　　我的功課很多，但爸爸媽媽還要我上繪畫班、書法班、舞蹈班、電腦班和琴課。請你送我一個有二十六小時的時鐘吧！那麼，我就能有兩個小時去玩耍和看圖書了。

小詩上
十一月六日

　　唉！小詩，送一個二十六小時的時鐘給你倒不難，但是，爸爸媽媽和其他人的時鐘還是二十四小時的啊！有什麼用呢？

　　聖誕老人的頭越來越痛了，還有一大堆的信件未拆開呢……唉！真煩！

　　窗外的雪花還在獨自興高采烈的飛舞着。

附錄：陳華英主要的兒童文學原創作品

出版時間	作品名稱	出版社
1990	跳跳蹦蹦的日子	啟思兒童文化事業
1990	尋找螢火的日子	啟思兒童文化事業
1991	快活傳真機	啟思兒童文化事業
1991	神氣的豆豆	啟思兒童文化事業
1992	雪鄉假期	獲益出版事業有限公司
1992	得意東西話你知	獲益出版事業有限公司
1993	白雲鄉	啟思兒童文化事業
1993	哈囉	獲益出版事業有限公司
1994	茶煲勇士	山邊社
1995	時光倒流百萬年	新雅文化事業有限公司
1996	天外小怪客	啟思兒童文化事業
1996	奇妙的聖誕節	啟思兒童文化事業
1996	零用錢	啟思兒童文化事業
1998	美麗的一九九三	遼寧少年兒童出版社
1999	變變變小魚國	啟思兒童文化事業
2005	流星的女兒	獲益出版事業有限公司

獲獎作品：

- 《一粒種子》：榮獲 1987 年香港中文兒童讀物創作獎。

- 《最誠心的禱告》：榮獲 1988 年香港中文兒童讀物創作獎。

- 《檔案三零三》：榮獲香港兒童文藝協會 1988 年「地球是我家」兒童文學創作獎。

- 《飛越蛋殼王國》：榮獲 1990 年香港中文兒童讀物創作獎。

- 《哭泣的椰樹》：榮獲 1991 年香港中文兒童讀物創作獎。

- 《哈囉》：榮獲第三屆香港中文文學雙年獎推薦獎。

- 《天外小怪客》：榮獲第四屆香港中文文學雙年獎推薦獎。

- 《男孩子的路》：榮獲 1996 年香港中文兒童讀物創作獎。

- 《最美麗的十四天》：榮獲 2010 年度香港中文文學創作獎（兒童文學組）。